LOS INGRATOS

Esta obra ha obtenido el **Premio Primavera 2021,**
convocado por Espasa y Ámbito Cultural
y concedido por el siguiente jurado:

Carme Riera
Fernando Rodríguez Lafuente
Antonio Soler
Ana Rosa Semprún
Gervasio Posadas

PEDRO SIMÓN

LOS INGRATOS

ESPASA

Obra editada en colaboración con Editorial Planeta – España

Preimpresión: MT Color & Diseño, S. L.

Bajo el sello editorial ESPASA M.R.
Avenida Presidente Masaryk núm. 111,
Piso 2, Polanco V Sección, Miguel Hidalgo
C.P. 11560, Ciudad de México
www.planetadelibros.com.mx

Quinta edición impresa en España: septiembre de 2021
ISBN: 978-84-670-6086-7

Primera edición impresa en México: junio de 2026
ISBN: 978-607-39-4476-2

Impreso en los talleres de Corporación en Servicios
Integrales de Asesoría Profesioal, S.A. de C.V.,
Calle E #6, Parque Industrial
Puebla 2000, C.P. 72225, Puebla, Pue.
Impreso en México - *Printed in Mexico*

Para las que apenas cuentan,
para las que tienen muchas faltas.

Casi todo lo que he escrito lo he escrito para alguien que no puede leerme, y este libro no es otra cosa que la carta a una sombra.

HÉCTOR ABAD FACIOLINCE, *El olvido que seremos*

(1961)

Un viento glacial azotaba el pueblo como a un crío que no se puede defender. Los sembrados de azafrán que lo circundaban amanecieron con un manto blancuzco, el primer fascículo de un invierno que siempre llegaba por entregas: primero, el aire gélido; semanas después, la niebla y la cencellada; finalmente, la nieve.

Las calles olían a humo de leña; las casas, a ropa recién sacada del arcón y al cuero de cerdo quemado de la matanza. La aldea vivía hacia dentro con el frío, como si de los caminos no viniera nada bueno.

En aquella España bajo cero, la infancia era el único deshielo posible. A la salida del colegio, de camino a casa, los niños arrancaban los carámbanos de la Fuente Honda para jugar a mosqueteros, a vaqueros o a militares.

Eran los chicos una locomotora a vapor que todo lo iba tocando, que todo lo iba voceando, que todo lo iba poniendo del revés. Cuando el juguete se les fundía entre las manos o acababa en mil pedazos contra el suelo, se inventaban otro. La única condición era que no costase dinero. Porque sobraban carámbanos, y sabañones, y palos de avellano que servían de lanzas, y terrones que hacían de granadas de mano. Pero dinero no sobraba.

Aquellos eran los únicos sonidos que conjuraban la muerte y el olvido. En el invierno más severo, podía transcurrir una semana sin oírse nada más que ese alboroto de antes y después de la escuela. Hasta que todas y cada una de las puertas se iban cerrando al ponerse el sol. Como si un cerrojo viejo bastara para blindarse contra todo lo malo del mundo.

Luego, el silencio ahí fuera.

Al llegar a casa, el chico entró exhalando el aire caliente de sus pulmones entre las manos y lo primero que hizo fue secárselas en las faldas de la mesa camilla. Se quedaba uno embobado en el trance. No solo eran el reflejo del fuego y el olor. Era un calor viejo que tenía que ver con las cosas seguras. La madre haciendo ganchillo. El campanario dando las horas. Todo en su sitio y a cubierto. Y las párvulas botas de goma cogiendo más y más temperatura, poco a poco, sobre el picón del brasero.

A las seis de la tarde ya era de noche. Una noche cerril y triste, sin vuelta de hoja. Todas las oscuridades se parecen, pero ninguna como la de un pueblo remoto justo después del ocaso de diciembre.

Las luces de las casas se fueron prendiendo a desgana, una aquí y otra allá, como cuando no queda más remedio. Con diferente intensidad y brillo. Hasta que el contorno del pueblo quedó delimitado por aquel mar de brasas.

Visto desde lejos, parecía una constelación recién creada.

El casino era a esas horas una luciérnaga amable en medio de otras luces más crudas, un lugar donde olvidar las malas cosechas y el peor vino. Corrían el chato y la copa, el tute y los Bisonte, el dominó y el serial radiofónico, los boletos y el periódico. Entonces sucedió.

Sucedió en la otra punta del pueblo, puertas adentro en una casa, a pesar de los dos candados echados.

Sucedió en el mismo instante en que el señor Luis iba a cantar las cuarenta, justo cuando don Eladio (que todavía no era don Eladio) cerraba la partida a seises y mientras don Ubaldo (que ya era don Ubaldo) leía en el diario *Ya* la noticia de la visita de John F. Kennedy y su esposa a Bogotá. Cuando alguien dijo pon la última.

Justo entonces sucedió.

Los que vivían en la aldea recuerdan lo que sucedió. No porque vieran nada, porque la inmensa mayoría nada vio. Sino por aquel sonido animal que al principio confundieron con el de una bestia herida en lo del coto.

Cuando el eco rompió la noche, los hombres dejaron las cartas, la prensa y el aliento a orujo sobre la mesa. El tabernero se acercó a la Grundig para bajar el volumen y después siseó varias veces mandando callar. Aunque ya nadie se atreviera a decir nada.

Otra vez el sonido. Y otra más.

Los cazadores se quedaron tan quietos como cuando le apuntaban al corzo. O como si en esta ocasión la presa fuese alguno de ellos.

—Viene de donde lo tuyo, Manuel.

—A qué ton va a venir de lo mío.

—Y no es un animal.

—Los cojones no va a serlo.

Varios hombres apuraron los vasos, se dirigieron al perchero, cogieron las pellizas y se acercaron a pagar.

Afuera, los resplandores en las caras. Y esas sombras caminando con prisa.

La del chico de las botas de goma era de las luces más pobres del pueblo. Al igual que aquellos hombres que ya salían del casino y se dirigían al lugar, también lo oyó. Solo que el sonido no venía desde tan lejos, sino de la casa de adobe que había a cincuenta pasos. Sonaba igual que una bestia atrapada en una alambrada, un aullido como del más allá. Tan humano que daba pavor.

El chico lo oyó y también lo vio, que eso fue lo malo. Algo que no olvidaría hasta que muriera.

Entró con la madre. A la carrera los dos. Él siempre detrás porque sentía miedo. Miedo a quedarse a solas en casa con esos sonidos lejanos si no acompañaba a la madre. Y miedo también a ir corriendo al lugar de donde procedían.

La puerta del corral estaba abierta. Su madre la empujó y cerró. Por la ventana abierta del dormitorio salía una luz lánguida y dulzona. Las sombras de la vecina se proyectaban sobre el suelo de tierra como en un juego chinesco demencial.

Son unos bramidos broncos, enloquecidos, espasmódicos. Todo el pueblo los escucha. Pero la mujer que los está profiriendo es la única que no puede.

Al abrir la puerta del dormitorio, lo ven todo.

La mujer está en camisón y sentada sobre el lecho. El cuerpo del bebé yace boca abajo, con una palidez de harina. Apenas envuelto en una frazada sobre la cama de la madre. Esta lo coge y lo agita como si el bebé tuviera algo dentro y necesitara sacárselo de forma urgente.

Es el aire.

Es el aire lo que no saca.

Curro tiene nueve meses y aquellos días de diciembre ha estado mal de los bronquios. Su madre le ha dado lo que le recetó el practicante, hace un rato que le ha frotado un poco de Vicks Vaporub en el pecho y luego se lo ha metido con ella en la cama de matrimonio, para sudar.

Y suda. Está sudando. Hace frío y la madre del bebé está sudando.

Se van durmiendo profundamente.

Primero ella.

Luego él.

En algún momento del sueño, ocurre. Si el bebé grita, si el bebé trata de zafarse, si el bebé gruñe, su madre no le oye.

Cuando por fin se despierta, nota el bulto tibio. Se gira en un duermevela, palpa, duda, entonces sobreviene el horror. Se da cuenta de dónde está y de lo que ha pasado: lo que está ahí es el cuerpo sin vida del hijo único, blando como un peluche.

Los gritos salvajes de después no se entienden nada. O se entienden mucho.

—Ay, mi Currete —dice ahora.

Y suda de un modo enfermizo.

—Ay, mi Currete —dice.

Y solo eso.

La mujer se tapa la boca con una mano y los ojos con la otra.

Si tuviera seis manos en vez de dos, se taparía toda entera. Pero no puede taparse entera, no puede desaparecer, no puede enterrarse viva.

Algunos hombres del casino están a punto de llegar. La vecina que ha entrado se queda pasmada dos segundos, tres, cuatro, hasta cinco, y después reacciona: se quita su chaqueta negra de punto y se la pone por encima de los hombros a esa mujer grandota y de pelo corto que hace una semana le regaló unos repollos.

El chico es un pasmarote de hielo, allí de pie, en el umbral de la puerta. Y se da cuenta de lo que le está pasando cuando nota un líquido caliente dentro de las botas de goma que todavía no se ha quitado.

Hace casi un año que a la mujer se le ahogó el marido en un pozo y esta tarde acaba de perder al hijo que llevaban buscando desde que se casó.

Nadie, nunca, bajo ninguna circunstancia, debería ver a una madre despertando así de una siesta.

(Él)

La siesta debió de durar bien poco porque, cuando me desperté en el Simca 1200, todavía sonaba una de Víctor Jara.

Si no tenía puesto el fútbol en la radio, mi padre siempre ponía una TDK de 60 de un cantante llamado Víctor Jara. O una de Atahualpa Yupanqui. O una de Daniel Viglietti, al que yo decía Daniel y Leti como si fueran dos, al principio sin caer en el error y luego adrede, porque me encantaba ver reír a mi padre por el retrovisor.

Aquellos trayectos eran la banda sonora de la felicidad.

«Gol en el Helmántico».

O *Te recuerdo, Amanda*.

O «a desalambrar, a desalambrar».

O al final, mirándome por el espejo: «Ahora te voy a poner la de Daniel y Leti».

—¿Queda mucho?

—Uy. Como una hora, hijo.

—Es que tengo ganas de vomitar.

—Bueno, aguanta. Abre la ventanilla un poco y que te dé el aire.

—Voy a vomitar.

Entonces mi madre buscaba rápido en la guantera, sacaba una bolsa, la abría bien abierta, me la colocaba debajo de la cabeza como si fuera el morral de pienso de un mulo, yo empezaba con los ruidos y mis hermanas ponían cara de asco. Simulaba el vómito, claro. Porque no sé si me gustaba más ver reír a mi padre por el retrovisor o verlas a las dos mayores dando arcadas como sapos.

—¿Queda mucho?

—Cinco minutos menos que cuando preguntaste la última vez.

Íbamos los cinco sin cinturón. Olía a Ducados. A escay. A gasolina. Al Nenuco con el que nos seguía rociando mi madre como si fuéramos insectos. También olía a perro. No solo estaba el Fliqui, un setter irlandés que le regalaron a mi padre en la Chrysler de Villaverde Alto. Cada vez que mi madre era destinada a un pueblo nuevo como maestra y hacíamos la mudanza, tampoco se olvidaba de los dos canarios.

Allí iba una familia de ocho en 1975, otra vez rumbo a lo desconocido.

En los pueblos no había coches ni semáforos, ni quinquis setenteros, como en la ciudad, pero había pozos sin tapiar, alacranes y casetas de labranza donde no alcanzaba la mirada del balcón urbano.

—¿Queda mucho?

—Ya poco.

Visto desde la primera loma, el pueblo era todavía más pequeño que el anterior, en el que estuvimos un solo curso. Apenas treinta luces titilantes, como esas velas que apagas de un soplo.

Ya era de noche cuando el Simca 1200 paró justo en el paso a nivel de la entrada para que pasara el último tren de mercancías, uno ruidoso y sin prisas. Y yo sentí lo de otras veces: que entrar a un pueblo en medio de la oscuridad era como estrecharle la mano a una persona sin poder verle la cara. Una mala manera de empezar las cosas.

Habíamos llegado. Todo estaba en silencio. Cantaban los grillos en septiembre. Y, además de a Ducados, a Nenuco o a perro peludo, también olía a fermento ácido.

Yo había aguantado. Pero las sapas estaban verdes: habían vomitado tres veces.

* * *

[Veníamos de un pueblo y a un pueblo íbamos, en ese juego de la oca que se traía mi madre desde que sacó su plaza de maestra. Un tablero en el que la casilla de salida era la aldea castellana de los cuatro abuelos agricultores y la casilla de llegada era Madrid.

Éramos las fichas pequeñas del tablero, las que acompañaban a las grandes. Y nuestra suerte dependía de los dados de mamá. Porque papá ya había llegado al final del juego.

Veníamos de la calle sin asfaltar y sin semáforos y a la calle asfaltada aspirábamos.

Rojo.

Ámbar.

Verde.

Éramos esa España que todavía miraba sin cruzar. Esa que terminaría yéndose del campo a la ciudad, poco a poco, en un Simca 1200 o en un dos caballos, subida a un Renault 4 o a un 850.

Éramos los hijos de los que se fueron —mis hermanas y yo— o de los que se estaban yendo. O de los que soñaban con hacerlo.

Mamá y papá habían nacido y se habían criado en la misma aldea de Salamanca. Allí habían compartido escuela. Allí habían bailado por primera vez. Allí se habían enamorado. Allí habían decidido qué hacer después. Y allí habían clavado una chincheta sobre un mapa. Una chincheta clavada sobre Madrid que lo mismo podrían haber clavado sobre Bilbao u Oviedo.

Veníamos de lo oscuro. Íbamos a la luz.

Aspirábamos a más. Aunque luego volviéramos al pueblo de Salamanca en agosto o en Semana Santa para comparar. Para ver y ser visto.

Éramos los que íbamos sin cinturón en la parte trasera del coche, tengo ganas de vomitar, ¿queda mucho?, me hago pis; papá, no corras. Esa parte pequeña del equipaje éramos, la España que iba a mejor. Los hijos de esa clase media, intercambiable, corriente, emprendedora a su manera. Un seis, lanzas de nuevo. De oca a oca y tiro porque me toca. Un uno, del laberinto al treinta. Ese cubilete que agitaba el desarrollismo.

Lo que fuera que le saliera a mi madre en el dado.

Eso éramos].

* * *

Más que descubrir el pueblo —un pueblo encalado, llano, con diez calles contadas, tirando a feo y con varias cuevas, no se puede decir más—, a mis hermanas y a mí lo que nos gustaba explorar bien explorada era la casa nueva. Esa vivienda gratuita que los ayuntamientos reservaban al maestro.

Verónica se ponía en modo chicazo engolando la voz y diciendo seguidme y nosotros la seguíamos con devoción de corderos. Isa delante. Yo detrás. El orden duraba unos segundos.

Entrábamos como si hubiésemos reventado una esclusa, recorríamos con avidez las habitaciones, nos pedíamos una cama y nos lanzábamos a ella como Miguel Reina, probábamos la almohada, abríamos los armarios y la nevera tres o cuatro veces, hacíamos lo mismo con el grifo, íbamos de prisa al váter a ver quién lo estrenaba primero, tirábamos de la cadena que entonces todavía colgaba, nos mirábamos en el espejo dando saltitos, descorríamos la cortina de la bañera, encendíamos las luces, nos asomábamos por las ventanas y las dejábamos abiertas, pasábamos el índice por las paredes y la uña por el reborde del hule, señalábamos todo, salíamos a la calle y volvíamos a entrar, comprobábamos que la puerta de la calle cerraba bien.

Y solo a los quince minutos, solo entonces, digo, reparábamos en los desconchones, si es que los había, en el suelo irregular, en que allí no había mar como el año pasado y en todo lo que habíamos dejado atrás.

No había mayor desarraigo que el de seguir a tu madre de pueblo en pueblo. Una madre maestra muy ocupada que encima no era solo tuya, sino de todos los niños del lugar.

Eras muy pequeño, pero ya sabías que no había mejor amigo del mundo. Y que, si lo había, te duraba muy poco. Justo como le pasaba a papá con los perfumes dulzones: había meses en que olía a tres distintos. Se conoce que no daba con el suyo.

* * *

Él se fue aquel domingo a Madrid a trabajar al día siguiente. En un viaje repetido cada año desde distintos puntos de la geografía que era como el verdadero final del verano: papá se iba de vuelta a la capital después de las vacaciones con nosotros y luego empezaba la rutina del curso. Entonces iban viniendo las primeras clases en la escuela, las tardes más cortas, la oscuridad, el parchís, *El hombre y la Tierra* y, por supuesto, el invierno.

Parecíamos esos gusanos de seda a los que les estropeas el capullo y se ponen a hacer otra casa.

Los primeros días se nos fueron en limpiar todo lo que yo veía limpio: mamá de rodillas frotando. En colocarlo todo: mamá abriendo cajas y subida a una escalera. En acostumbrarnos a aquellos dormitorios: mamá viniendo de noche a encendernos la luz y a espantar a los monstruos. En marcarnos los límites del pueblo, esa frontera que no podíamos cruzar: mamá de la mano por un camino.

Utilizo el plural, pero el plural era mi madre y nadie más. Singular, sola, un número gramatical que no pesaba ni cincuenta kilos y que tenía al marido en Madrid.

—Hasta aquí. Hasta estos almendros.

—¿Y a partir de aquí qué?

—Que más allá de estos almendros no quiero que vayáis.

—¿Nos puede pasar algo?

—No tiene por qué, pero no quiero que vayáis.

—¿En este pueblo hay un asesino? Dice Vero que hay un asesino.

—¿Qué asesino ni qué asesino? Anda, tira y calla.

—¿Quién ganaría si hubiese una pelea? ¿Papá o un asesino?

Todo terminaba y empezaba en los almendros.

Por entonces, mamá todavía era mamá. No había muchas como ella en aquellos años, y menos en un medio rural donde las mujeres eran mal vistas si se sentaban en la parte trasera de la iglesia, espacio reservado a los hombres. No digo ya si a veces no iban, como en ocasiones hacía mi madre.

Cuando una maestra nueva llegaba a un pueblo —lo habíamos visto más veces—, los vecinos se iban descolgando por casa o se hacían los encontradizos en la calle para conocerla. Unos solo querían saludar tímidamente. Algunos observaban a mamá a través de los visillos. Otros pocos le preguntaban si iba a durar mucho, ni que fuera un *sheriff* en el salvaje Oeste. Había quien le iba con unas hortalizas frescas y había quien le iba con el chico, cogido de los dos hombros al igual que el Lute. Como si la madre estuviera entrenando para cuando el hijo estuviese castigado, que fijo que lo iba a estar.

El alcalde o el cura tendrían las llaves del ayuntamiento o de la iglesia, pero mamá tenía a sus hijos. Y tú ya no eras Pepe o Manolo o Javier o David —que ese era mi nombre: D-a-v-i-d—, sino el hijo de la maestra. Como si fueses una peca de la madre y les diera igual papá.

Mamá caía rendida cada día, pero todavía estaba contenta. Y más cuando llegaba el fin de semana y también el Simca 1200. Yo no entendía cómo podía ser aquello: que una mujer lo mismo oliera a lejía un jueves que a lavanda un sábado. Porque yo siempre olía al Nenuco con el que me rociaba por las mañanas como si fuera DDT.

Ella había estudiado su carrera, nos insistía cuando nos veía remolonear con las tareas escolares; había aprobado sus oposiciones, nos volvía a insistir; había salido del pueblo de los abuelos, donde nació. Como si esa vida que ella tenía ahora fuera ejemplar y, por lo tanto, la quisiéramos para nosotros en un futuro. Algo que yo no tenía tan claro viendo lo visto.

Criaba sola a tres hijos: dos chicas imbéciles y un niño miedica. Daba clases a treinta niños de entre seis y catorce años. Fumaba un poco. Había viajado por París y Portugal. Llevaba pantalones de campana y gafas como las del *Un, dos, tres*. Tenía carné de conducir, aunque no conducía. Se peinaba a lo *garçon*. Arreglaba enchufes. Cocinaba fatal. Cosía. Sembraba un pequeño huerto. Cuidaba a dos canarios. Nos obligaba a fregar, a secar y a colocar la vajilla. Nos explicaba la lección. Trabajaba hasta bien entrada la noche. Y, después de leernos *La cigarra y la hormiga* en francés junto a la catalítica gris, caía aplastada en una cama enorme y vacía.

Lo suyo era mantener el orden de puertas adentro y lo nuestro era ponerlo todo boca abajo de puertas afuera.

De ponerse boca abajo la que más sabía era Isa, la mediana, que siempre que podía se lanzaba contra una pared levantando los brazos, apoyaba las manos en el suelo y, de un impulso acrobático, terminaba despatarrada y dada la vuelta con las bragas de ganchillo al aire. Así estaba un rato hasta que volvía a la posición vertical con la vena de la frente muy hinchada: «Ahora, tú, David». Yo creo que era lo único que Isa hacía mejor que Vero: el pino.

Eso era. Vero hacía muy bien la pelota y las cocinillas, Isa hacía muy bien el pino y yo, se conoce, hacía muy bien el tonto.

—¿Puedo jugar con vosotras?

—Búscate amigos, chaval.

—Venga, jo, Vero.

—Déjale —terciaba Isa—, pero que se la ligue.

—Pues te la ligas. Eso.

—Vale, me la ligo.

Agarraba la goma, esperaba mi momento, la estiraba con fuerza y, zas, le soltaba un gomazo a una de las dos.

El comienzo del curso fue fantástico. Todos los pueblos se parecen bastante: huelen a leña, están rodeados de caminos, tienen maestro, melones que robar, una plaza, una fuente y una iglesia que cuidan las viejas. Pero los nueve años de un niño no tienen que ver nada con los siete. Ni los seis con los diez.

Por eso todo fue distinto. Mejor. Y también peor. Como si todo te afectara más que cuando eras un mocoso con gorro verdugo.

Si a esa edad no eras vaquero o espadachín o soldado o Daredevil con un simple palo, es que eras un niño de mierda. Y yo ya tenía tres o cuatro primos que conocía de Madrid que eran unos niños de mierda, porque tenían el madelman buzo (y yo no) y solo jugaban a eso.

El nuevo mejor amigo del mundo se llamaba Vicente Jesús y el segundo nuevo mejor amigo del mundo se llamaba Gregorio. Y Vicente Jesús era el mejor porque vivía justo enfrente, era diabético y tenía la casa llena de jeringuillas que doña Amparo hervía constantemente. Todavía me acuerdo del primer día en que le inyectamos orujo a un caracol. O de aquel conejo de su abuela, al que tuve que agarrar de las orejas como si fuera el toro de un rodeo, para meterle una dosis.

Isa y Vero jugaban a los recortables, que era una payasada que consistía en jugar con unas muñecas cabezonas de cartulina en vez de hacerlo con las muñecas de verdad. Pero yo no tenía un hermano de mi edad y era el pequeño. Por eso me hacía falta una recortada o una bazuca. Y enemigos.

La calle.

Los caminos.

Más allá de los almendros, claro.

* * *

Aquellos días llovió en la comarca como si el cielo le debiera varias primaveras de agua.

La laguna se desbordó, todos los campos se anegaron, se inundaron las bodegas y las cuevas bajas, en casa teníamos cuatro cubos por las goteras y lo único bueno de verdad era que mamá hacía los mejores barquitos de papel del mundo y mis hermanas y yo echábamos carreras con ellos por el regato de la cuneta.

El libro de papiroflexia se titulaba *Una hoja de papel* y formaba parte de la colección Trabajos Manuales Salvatella. En la portada aparecían una pajarita y un cerdito de cartulina. Tenía la mayoría de las esquinas dobladas porque mi madre nos había hecho todas las figuras imaginables para conjurar el tedio: los aviones, el ganso, la rana, el conejo, el cisne. Sostenía que las pajaritas daban buena suerte y tenía varias repartidas por casa. Lo que aprendí de aquel diluvio bíblico que nos confinó durante días fue que las cosas de las manos se me daban fatal. Y también que, cuanto más gastado está un libro, más vivo parece.

Llovía como un mar dado la vuelta. Con truenos y relámpagos. De ese modo en que a un niño le hace gracia al principio y luego le da miedo.

Pero en cuanto paró unos días y todo fue volviendo literalmente a su cauce (los desagües, las cunetas, el río), yo me ponía el chubasquero verde (o no) y me iba.

Mamá estaba tan liada entonces con preparar las clases, rematar la casa, contemplar a mis hermanas, arreglar la calefacción de la escuela, reclamar el material escolar que faltaba, peinar la melena del perro y sellar las goteras, que yo podía ausentarme semidesnudo como Tarzán y volver lleno de barro a la noche casi sin ser visto a una edad en la que, en la ciudad, me contaban mis primos, permanecías bajo libertad vigilada.

—Tenéis mucha suerte —nos decían—. No te creas que en la ciudad dejan a los chicos tan sueltos.

Cada día descubría una esquina nueva, un mote nuevo, una chica nueva, un secreto nuevo. Y luego regresaba a casa haciendo sonar las canicas del bolsillo como si fueran perlas del Pacífico.

Pajaritas de papel a mí, con lo que podía llegar a molar la fauna verdadera.

* * *

Siempre pensé cómo habría sido mi vida si, en vez de haber tenido dos hermanas mayores, hubiesen sido dos hermanos. Dos compañeros de equipo de fútbol. Dos exploradores.

Y no dos sapas.

Les puse las sapas porque, cada vez que iban a vomitar en el coche, era como si empezasen a croar. Generalmente, Vero primero e Isa después. Por eso y porque les fastidiaba el mote, claro.

Nos llevábamos mal como en las familias de bien.

Si eras el hijo pequeño y te llevabas bien con tus hermanas, si jugabas con ellas y querías ir con ellas y tratabas de parecerte a ellas, es que eras un esclavo sin cerebro o un mariquita. Que a pesar de acabar en -ita era como ser un marica muy grande muy grande.

Pero al fin y al cabo, compartíamos techo. Y libros escolares. Y preguntas. Y hasta miedos. Y, en cuanto bajaba la guardia, se me olvidaba que la obligación de todo hermano pequeño y solo es chinchar a sus hermanas mayores.

—¿Tú crees que será peor o mejor que el pueblo anterior, Vero?

—Mejor, bobo.

—¿Me puedes dejar tu cama? Es que la mía está al lado de la puerta y me da miedo.

—Vaaaaale.

—¿Habéis hecho ya amigas? Yo sí he hecho amigos.

—Mañana hemos quedado con tres chicas. A ver qué tal. Una tiene un parche en un ojo.

—¿Como un pirata?

—Bueno, lleva gafas encima del parche.

—Los piratas no llevan gafas.

—Ya. Por eso.

—Vero.

—¿Quéeee?

—¿Tú qué crees que pasa más allá de los almendros?

—Naaada. Duérmete, *pesao*.

La que me ofrecía las respuestas era Vero. Que para los pocos años que me sacaba, parecía una hermana mayor mayor. Era la más aplicada de los tres en la escuela. Siempre les hacía la rosca a mis padres. Ayudaba a mi madre en la cocina. Cuando se ponía imbécil, se ponía imbécil.

La que hacía que me planteara las preguntas era Isa. Que se subía a los árboles mejor que yo. Vivía a la sombra de Vero, pero tenía su propia luz. Para decir que no, se encogía de hombros. Una vez la vi meando de pie y me dijo que probara a mear yo agachado. Otra vez le cortó el pelo a una muñeca. Para ver si le crecía o no. No le creció.

Vestían más o menos igual. Conjuntos de una pieza desleídos de tanto lavarse o esos petos con cien bolsillos. Aunque lo distintivo era otra cosa: la ropa siempre la tenía más limpia y le duraba muchísimo más a la mayor.

Creo que mamá quería más a Vero, que papá me quería más a mí y que el Fliqui quería más a Isa.

* * *

Aquel domingo, Gregorio nos había citado para ir a la era blanca, que no sé por qué se llamaba así si era del color oscuro de la tierra. Vicente Jesús se rajó a última hora. Le rodeamos amistosamente para intentar convencerlo.

—Es que tengo gato y me va a dar pena —dijo. Eructó. Dio otro mordisco al bocadillo.

—No te amuela este —terció Gregorio—. A mí también me da pena. Pero más pena me da que me dé una hostia mi padre.

—Voy, pero no miro —aceptó el otro con la boca llena.

—Además —añadió Gregorio—, así como yo lo hago no sufren.

—¿Me das un *bocao*? —interrumpí la conversación.

Me dio el cuscurro entero. Caminamos como treinta minutos hablando de Sarita y de sus bragas. De las aceitunas del señor Luis y del Pirracas, que se había comprado una Torrot roja. Con el sonido de la tormenta yéndose o viniendo, que eso nunca se sabía. Gregorio con una bandolera grande de herrajes oxidados cruzada al hombro. Haciéndose el importante.

El único roble que había estaba en mitad del terreno, junto a un pequeño roquedal, con lo que al llegar a él, ya andábamos enfangados hasta las rodillas. Parecíamos vendimiadores pisando uvas, salpicados de hollejo hasta arriba. Estábamos tan impresionados que no nos dimos cuenta de que había vuelto a llover. Esta vez como a propósito.

Gregorio iba el primero tratando de pisar las piedras para no hundirse en el barro.

Vicente Jesús tiritaba detrás.

Yo caminaba el último.

La luz se estaba yendo. Pero había suficiente.

No hay nada tan pacífico y violento como una era en silencio. Una era donde no hay nada más que tres niños, un único roble y una bandolera con herrajes oxidados que oculta algo dentro.

—Míralos, qué te parecen.

Parecían recién salidos del útero materno: húmedos, temblorosos y calientes. Gregorio fue cogiendo a los tres gatos por el pellejo trasero del cuello y luego nos los mostró con mimo. Cada uno acarició a su favorito.

—Mi padre es un cabrón. Quería estamparlos contra la tapia del huerto, como siempre.

—¿Lo ha hecho más veces? —pregunté.

—Siempre. Los deja allí varios días. Con las moscas y los bichos. Dice que es para que la gata aprenda a no encelarse.

—Ya.

—Y luego la Mimi va a la tapia y los huele. Y desaparece unos días... Qué cabrón mi padre.

—Son muy bonitos —señalé—. Este parece un tigre.

—Es que no los quiere. Cuando viene del casino y los ve en casa, dice que está hasta los cojones de gatos. Y ahora me deja tener a la Mimi solo si me ocupo cuando se queda preñada...

—Ya.

—Así como yo lo hago no sufren, eh.

Los nudos los había hecho con sedales de pescar. Tardaron mucho en morir porque pesaban poco. Cuando estuvimos seguros, los descolgamos y los sopesamos. A esas alturas, estaban rígidos y empapados de agua como si se hubiesen ahogado en un río. Los enterramos entre las piedras del roquedal. Gregorio y yo orinamos apuntando para el lado contrario porque nos daban pena. Pregunté que si alguna vez habían meado agachados. Me miraron raro. Vicente Jesús se persignó y dijo amén.

Lo peor fue el viento de después. Llevábamos varias horas fuera de casa, empapados. Demasiadas, pensé yo. Lo que en un crío es mucho decir: cuando eres niño y el tiempo se para, lo mismo pueden haber pasado dos horas que dieciocho años.

Lo más cercano era la caseta del Emilio, a medio camino del pueblo. Entramos a oscuras y en medio de un aguacero, apenas alumbrados por unas cerillas que mi segundo mejor amigo llevaba en una cajita envuelta en una bolsa de plástico. Había tres ladrillos rotos, un saco de cemento medio destripado, una cagada en una esquina y varios aperos de labranza sin usar desde hacía mucho tiempo. Nos sentamos como pudimos y esperamos a que escampara. Alguien dijo de hacer un fuego para secarnos, como en las películas. Pero Gregorio, que era el mayor de todos, dijo que no la fuéramos a liar.

—A liarla más, dirás —añadió Vicente Jesús.

Entonces Gregorio se sacó un Rex que le había quitado al padre y se lo encendió tosiendo y dando una calada larga y chulita, como si hubiese terminado de echar un polvo y no de ahorcar a tres gatos.

No hablamos en un rato. Lo único que iluminaba la caseta era la brasa del Rex, que le hacía cara de malo a Gregorio, que precisamente era el chico más bueno del pueblo.

—¿Me dejas que lo pruebe?

—Toma.

—Nos la vamos a ganar —dijo Vicente Jesús, que ya se había pasado la hora de la inyección y sabía de lo que hablaba—. Nos la vamos a ganar...

Cuando Gregorio terminó el segundo cigarro, ya había escampado. Lo suficiente como para saber que en casa nos esperaba una tormenta seca.

En el pueblo empezaron a repicar las campanas como cuando había un incendio.

—Hay fuego —dije yo.

—No seas imbécil.

Debía de ser tarde. A medida que nos acercábamos a donde empezaban las casas, se adivinaban las cuatro luces mortecinas de siempre. Y también haces de linterna y gritos llamándonos.

Allí íbamos tres niños que parecíamos náufragos supervivientes de un temporal, entrando por la carretera del pueblo, con cuatro o cinco sombras haciéndonos aspavientos y avanzando hacia nosotros. A punto de dar un estirón en la vida.

Entonces se lo pregunté.

—¿Y cómo sabes que no sufren?

Se paró y me cogió del brazo.

—Porque mi hermano no sufrió.

* * *

A Gregorio le cayeron unos correazos que le duraron un mes: nunca volvió a ver a la Mimi. Los gritos del padre de Vicente Jesús mientras le daba al hijo se oyeron desde mi casa, que estaba justo enfrente. Yo habría pagado la propina de cuatro semanas para que ese domingo me pegara mi padre.

La fiebre alta me duró tres días, la bronquitis me duró semanas, las pústulas de la boca estuvieron un mes. Pero lo peor de todo fue lo que aquella noche vino para quedarse. Y no me refiero al asma que ya me acompañaría siempre.

Aquella noche, mamá y papá se dijeron cosas tremendas y nuevas. Si no hubiese sido porque no soy un idiota, habría pensado que eran imaginaciones de la calentura. Ahora pienso que no te haces mayor de verdad ni sabes lo que es el mundo hasta que no escuchas insultarse a tus padres. Insultarse de aquel modo, digo.

En el duermevela, solo adiviné entre gritos seis o siete frases que no parecían de ellos. Cosas que no salían ni en las películas de dos rombos y que, como mucho, yo únicamente le había escuchado decir al bruto de José Luis. Sobre la perra chica. Cuando no le valía ni le cazaba.

Luego hubo una especie de aplauso fuerte, seco y solitario, uno solo, como cuando el abuelo Jorge llamaba a un camarero.

Y me dormí.

Al amanecer del día siguiente, estaba solo en la habitación. Mamá y las hermanas se habían ido la escuela. Esta vez papá no me había dejado un tebeo, como solía. Lo busqué a tientas, algo mareado, al igual que un herido que busca un antídoto. Pero no estaba.

Entonces esa mañana sentí vértigo por primera vez. No era un miedo a Drácula o al hombre lobo. Era un miedo a algo real.

Porque hay cosas que no le dejan dormir a un niño. Pero son peores las que le quitan a uno las ganas de despertar.

* * *

Cuando en la mañana de los sábados me metía entre sus sábanas, papá ya nunca estaba desnudo como al principio. Esos días en que le veía la cola al aire, le preguntaba cómo era que dormía así y él siempre me contestaba que tenía mucho calor. Algo que yo no entendía por dos razones: una, era invierno; dos, llevaba puesta la parte de arriba del pijama.

Venía el viernes mientras dormíamos, se quedaba hasta la noche del domingo para preguntarnos la lección. Aquellos despertares del sábado asaltando la cama de papá y mamá eran como subirse a una balsa en mitad del océano. Pasara lo que pasara, estabas a salvo.

Yo era el más madrugador y me ponía en el medio de un salto, donde me hacía fuerte. Si sacaba el pie de la cama, te lo comía un tiburón, ñam. Si me ponía boca abajo, tenía que adivinar quién me daba la colleja. También jugábamos a peleas: papá me inmovilizaba y me chupaba la nariz, que me daba un asco que no veas.

Cuando Isa y Vero se cansaban y se iban con mamá, yo comparaba mi cola con la suya. Pero no había color. Y no hablo solo del color de la piel. Hasta que un día, al poco de la bronca por lo de los gatos, papá amaneció con los pantalones del pijama puestos.

A mi padre le hacía gracia que a veces le llamase Natalio en vez de papá. Pero con mi madre no me salía nada más que mamá o *ma*. Como mucho, como mucho, en clase le decía señorita Mercedes. Y eso porque ella se ponía muy pesada.

Yo estaba deseando que llegasen los viernes por la noche, cuando venía él, que era una mezcla entre Jean-Paul Belmondo y Luis Aragonés. Las sapas estaban con sus recortables o la goma y mi padre se arrodillaba conmigo a jugar a las chapas.

—¿Te vienes a la era?

—Es que ha venido mi padre.

—¿Y qué?

—Pues que quiero jugar con él.

—¿Tu padre juega contigo?

—A ver.

—¿Te ha traído un tebeo?

—Dos.

Poco a poco, empezó a espaciar las venidas de Madrid. La culpa había sido mía, supongo. A medida que pasó el tiempo, se podía tirar mes y medio sin aparecer. Y cuando lo hacía, casi ni hablaba con mamá. Ella alegaba cosas de la fábrica para justificar las ausencias.

Cuando al cabo del tiempo volvía haciendo sonar el claxon, siempre nos traía algo: un álbum vacío, unas vitolas de animales, pepinillos en vinagre, soldaditos o recortables. Cuando no estaba en el casino, se tiraba todo el santo día conmigo o con las hermanas. Mi padre, qué tío, había vuelto a cambiar de perfume. Nos decía: «Ayudad a vuestra madre». Y ya nunca se quedaba a preguntarnos la lección.

El último domingo que le vi en el pueblo, papá me dejó la TDK de Daniel y Leti debajo de la almohada. Ahora solo me faltaba un radiocasete.

Creo que así comenzó aquella manía mía.

Cuando papá dejó de venir («Son cosas de mayores, no te preocupes, desayuna», dijo mamá de espaldas a mí, fregando los platos con una voz muy rara), yo hice lo nunca visto, algo que pagarían caro mis hermanas: empecé a cagarme en los pantalones.

(Él y él)

El cuerpo sin vida del chico apareció boca abajo flotando en un pozo con el brocal roto. Un chico quieto, hinchado, con los brazos crispados, como si aguantara la respiración. Igual que si se estuviese haciendo el muerto o practicara submarinismo en una noche sin luna.

Llevaba días desaparecido. Lo descubrió entre las algas un furtivo venido de lejos a ranas y a lo que saliera. Más allá del coto. Enfocó con la linterna, vio el cadáver allí, dijo *mecagüentodo*, pensó por un instante y vació asustado el saco de ranas en el agua. Algunas fueron cayendo sobre la espalda del muerto, donde empezaron a croar.

Luego fue andando rápido a avisar a los civiles, acompañó hasta el lugar a los dos guardias, despertaron al alcalde, se hizo venir a un juez hasta el huerto del suceso y se corrió la voz incluso a esas horas. Al poco de amanecer, medio pueblo acudía ya a consolar a la abuela, con quien el chico vivía en una covacha de las afueras.

Desde lo del bebé, no se recordaba otro niño muerto en la comarca.

—Es el subnormal. El de la cueva.

—Se dice mongólico.

—Bueno, es lo mismo.

—Mi madre me dice que no es lo mismo.

—Cuentan que se cayó y se ahogó.

—A saber.

—Pues si se ha muerto ahogado, lo más seguro es que no haya sufrido.

En un pueblo donde las únicas noticias eran que la vendimia venía adelantada o que iban a instalar un televisor a color en el casino, el accidente del chico que no pisaba la escuela provocó una ola de pánico. Una ola de pánico que, como todas, solo duró unas semanas.

De repente, más allá del perímetro de la aldea, se ocultaban monstruos y peligros atávicos.

Los monstruos no eran solo los pozos sin brocal (había decenas de ellos), sino también los que venían de fuera, los furtivos, la noche, los cepos, el agua estancada, la laguna, las huertas, el lobo, los caminos interminables y quién sabe si hasta los subnormales.

A casi todas las madres del pueblo les dio por poner a sus hijos una hora de llegada y nuevas normas. La mía replegó sus líneas rojas en el mapa: ya no podíamos ir hasta los almendros. Como mucho, hasta la era blanca.

De una tacada aprendí tres cosas.

La primera fue que los niños también se morían.

La segunda fue que las fronteras se podían mover.

La tercera fue que mi madre también conocía el miedo.

Y, de las tres, la que más asustaba era la última.

Después de sentarnos en torno a la mesa camilla para explicarnos la importancia de cumplir las normas, de colaborar en casa y de ser adultos, aquella mujer cada vez más desbordada y delgada siempre terminaba por decirnos lo mismo.

—Si estuviera vuestro padre aquí...

Pero nuestro padre no estaba. Nuestro padre no estaba y mamá estaba en otra parte.

Hacía meses que ni venía, no sabíamos nada de él, ni preguntábamos. Porque, una vez que Isa lo hizo encogiéndose hombros, mamá, que cada vez fumaba más, se puso a llorar y fue a encerrarse en el baño.

Éramos niños, pero no gilipollas.

Mi madre lloraba. La señorita Mercedes sonreía. Donde todo el mundo veía a una mujer, yo veía a dos.

Por entonces nos dijo en la escuela que los límites estaban para cumplirse y, mirándome fijamente, añadió que aquel niño mongólico se había ahogado porque no los había respetado. Cuando preguntó si alguien tenía alguna duda, Gregorio estuvo a punto de levantar la mano, pero desistió.

En cualquier caso, fuimos a ese pozo fascinados. Y hablamos de cómo habría ocurrido todo. Y tiramos piedras para ver la profundidad. Cuando le di un susto por detrás a Vicente Jesús, me llamó subnormal.

—Eso —dijo Gregorio—. Subnormal. Justo era eso.

Luego reímos.

Cuando llegaba a casa, mi madre era la mitad de tranquila y de organizada y de alegre y de guapa que la señorita Mercedes. Le costaron los cambios más que nunca. Yo creo que en cuanto colgaba el abrigo y el fular de maestra en el perchero que había detrás de la puerta, perdía los superpoderes.

Aunque la tía Rosa había decidido ocuparse del abuelo antes de que nosotros llegáramos al pueblo («Bastante tienes tú», oí que le decía a mamá en la sala de estar aquella tarde), mamá estaba desbordada y con la guardia baja.

La primera postal de papá llegó un viernes, como solía hacer él con el coche. Se dirigía a Isa, a Vero y a mí. Y añadía eso de cuidad a vuestra madre. En un año nos llegaron postales de Málaga, Toledo y Segovia. Había mucho mundo que recorrer, eso era lo que nos quería decir mi padre. Comenzando por el pueblo.

Al mes del ahogamiento, ya estábamos otra vez barrenando el mundo. Vero e Isa habían hecho un buen grupo de amigas: casi todas se parecían más a la segunda que a la primera. Terminaba la jornada escolar y yo salía con mis amigos ahí fuera a la carrera y sin mirar, como si no hubiese brocales rotos. Para ser los Cuatro Fantásticos nos faltaba uno. Así que me llevaba al Fliqui, que hacía el papel que nadie quería: el de la chica.

No sé ni cómo llegábamos a casa enteros, con toda la ropa, sin descalabrar o sin quemaduras. Aunque, ahora que lo pienso, no llegábamos enteros casi nunca.

Rara era la semana en que no aparecía con algún chichón, una herida aparatosa o sangrando después de pegarme con el Pirracas o con Mario, que me decía que yo aprobaba por ser el hijo de la señorita. Tenía tantos frentes abiertos que no daba abasto impartiendo justicia. Cada vez que Vero se chivaba de algo, uno de sus recortables era sacrificado en la estufa de la cocina.

La cocina.

Aquella cocinera.

A mí no me gustaban nada las lentejas de mi madre y hacía todo lo posible por vomitarlas, que era como hacer que también las vomitaran las sapas.

Mamá les echaba un sesito, decía. Grisáceo y rebozado. Porque el sesito —seguía— tiene mucho alimento y hierro y vitaminas y vosotros tres estáis muy delgados y andáis corriendo todo el día de la ceca a la meca.

Eso decía de carrerilla, para frustración mía. Que La Meca sí sabía dónde estaba porque lo pregunté. Pero de La Ceca nadie tenía ni idea. Ni mi madre. Ni siquiera Eugenio, que sacaba todo dieces y siempre borraba el encerado.

Teníamos mucha tontería, decía mamá. Y añadía levantando un poco el tono —como cuando mandaba callar en clase— que la culpa era de «vuestro» padre. Yo pensaba que lo decía porque ella tenía estudios y era maestra y papá tenía pocos estudios y trabajaba en la Chrysler y eso debía de ser como una tontería. Una que nos había pegado a nosotros. Aunque poco nos iba a pegar con las postales que mandaba desde lejos si no venía.

Teníamos mucha tontería, repetía mamá cuando nos quejábamos por algo, a veces los tres a la vez y por cosas distintas. Tirando cada uno de ella como si fuera un chicle Cheiw Junior en vez de una madre.

Hasta que un día nos dijo que nos la iba a quitar.

—Os voy a quitar yo la tontería. Vamos que si os la quito...

La tontería de aquel día era que no quería comer lentejas con sesitos. Por lo que comencé con aquella táctica que tantas veces me había dado resultado: le das vuelta a la comida en la boca sin tragarla, pones los ojos un poco llorosos, dices que no con la cabeza, sueltas un ruido gutural y haces una pequeña sacudida con el cuerpo hacia delante.

Me pasé de realista.

Sin quitarse el cigarro de la boca, mamá me obligó a comerme aquella vomitona, quién sabe si hasta con ceniza y todo, porque en mi casa no se tiraba nada. Llenando la cuchara de acero una y otra vez con determinación. Fuera de sí. Que más que una madre parecía un dentista enfadado.

Nos habían quitado la tontería. Al menos también terminó quitando los sesitos de las lentejas. Estuve sin hablar con ella por lo menos cien años. O sea, hasta el lunes.

***

[Veníamos del hambre del abuelo, de su espanto, de esa geografía de surcos, de un coche de línea esquivando baches, de una maleta de cartón, de muchas tuberculosis.

Hijos de los hijos.

Eso éramos.

Mis hermanas y yo éramos los hijos del blandofranquismo, el último *Cara al sol* y el penúltimo baile escolar de la banderita tú eres joven. Éramos una reforestación del Icona y un festival de la OTI y unas canciones cantadas en catalán y un cantante con pelos largos y un mapa lleno de autonomías y de ladrillos.

Salíamos de sus entrañas, de aquellos que nacieron para conjurar la muerte y la ausencia. Veníamos de sus ganas de pasar página, de sus ganas de que aprendiéramos a leerlas.

El oro que no había en el pueblo lo íbamos a buscar a la ciudad.

Natalito y Merceditas al principio.

Natalio y Mercedes luego.

Papá y la señorita Mercedes finalmente.

Mis padres también formaban parte de esa España que estaba a punto de comprarse una parcela de fin de semana, de llevarse a los hijos al Parque de Atracciones, de tener dinero como para gastárselo en un traje de primera comunión, de viajar a Benidorm.

En el álbum de fotos, mi madre aparece en bañador con los brazos en cruz y una diadema en el pelo y mi padre sale vestido de militar en Alcantarilla (Murcia) junto a dos compañeros, con una avioneta detrás.

Y luego, los hijos.

Aquí en el pueblo de paso.

Somos ese salto al mar que va a dar mi madre. El vuelo que mi padre no hizo].

***

—Huele mal.

—Yo no huelo nada.

—A ver, las zapatillas... Nada. Qué raro.

Pasaba un rato, nos volvíamos a cruzar y mamá arrugaba la nariz.

—Sigue oliendo mal. Qué peste.

—Ni idea.

—A mierda huele.

—Estoy constipado.

Hasta que, al poco tiempo, terminaba por agacharse y olisquearme por detrás, como hacía el Fliqui con la Yudi.

—¿Te has cagado?

—Bueno...

—¿Te has cagado a tu edad? No me lo puedo creer.

—Es que fui por ahí y no me aguanté.

—No me aguanté, no me aguanté... Marrano. Anda a cambiarte.

—Es por las lentejas.

—Lentejas te voy a dar yo a ti.

Aquella vez en que mi madre se dio cuenta de que me cagaba encima me dijo que era la primera y la última. Pero ya era por lo menos la quinta o la sexta. Por eso desaparecían los calzoncillos. Debajo de una piedra, en una cuneta, en la basura.

Hacerse caca encima comenzó a ser un problema. Yo me acordé del mongólico, porque nadie quería ir con el mongólico y eso que no se cagaba encima. Al menos que yo supiera. Como se enterasen de lo mío, adiós.

Pero si me cagaba, mamá me hacía más caso que a nadie.

Yo le preguntaba a mi madre si se lo había contado a papá y ella me contestaba que no, que no me preocupara. Cuando yo lo que quería era que lo supiera. Y que dejara de mandar postales. Y que viniera desde Málaga o Toledo en el Simca 1200 para regañarme o para limpiarme el culo.

Mi madre no daba abasto lavando calzoncillos y empezó a darme bragas de mis hermanas, que entre las dos tenían un montón de ganchillo.

Me había quitado la tontería, pero ahora me tenía que quitar la mierda, que yo creo que era peor.

En casa la llamaba mamá.

O señorita Mercedes para mis adentros.

Dependiendo de cómo la viera.

Entonces, mientras la señorita Mercedes frotaba a mano en la pila, me empecé a fijar en sus manos. Porque las manos dicen mucho de alguien, solía decir mi padre, que me dejaba tocar las suyas, duras y firmes.

Las de mi madre cambiaron mucho en aquellos años.

Sus manos. Sus dedos. Sus uñas. Sus padrastros, que eran una palabra polisémica que en la Larousse hablaba

1) de los pellejos en carne viva de mi madre o 2) de los padres que se iban. Dos cosas que, en mi familia, tenían mucho que ver: creo que ella empezó a mordérselos cuando se quedó sola.

Las manos de mi madre estaban llenas de venas verdes y tenían la piel muy roja y muy fina. Con ellas escribía en la pizarra, corregía con boli rojo, tiraba de las orejas, agitaba cubiletes, hacía jabón con sosa, cosía, restregaba con lejía, construía pajaritas, plantaba macetas, ayudaba a sacar hebras de azafrán a la señora Amparo, cogía leña, tejía bufandas, ataba dientes infantiles a un picaporte, se limpiaba las gafas y, al final de la noche, se mesaba los cabellos.

El día en que mamá enfermó con fiebre y estuvo tres días en cama, el pueblo se quedó sin maestra, pero nosotros tres nos quedamos sin madre y sin manos.

Venía la vecina a traer comida y a echar un vistazo. Pero Vero se hacía la importante, se ponía un delantal que le quedaba hasta los tobillos, le mandaba a Isa y quería organizarlo todo. Mamá decía muy bien, hija. Y también que le hiciéramos caso hasta que ella se levantara a la tarde, porque era la hermana mayor. Tan mayor se creía que me riñó por cagón al segundo día.

—Te las lavas tú.

—No sé.

—Pues aprendes.

—No te hagas la mayor porque mamá esté mala, eh.

—Si quieres me chivo de por dónde vas con tus amigos...

—Sapa.

—Enano.

Isa se encogía de hombros y sonreía haciendo una pompa con el chicle.

—Obedece, cagón.

Y yo me iba enfadadísimo y mirando al suelo al pilón a cumplir con lo mandado. Pero antes cogía un recortable suyo.

Si al tercer día me alegré de que se quemara el brazo y la pierna con el agua que hervía en la estufa, no fue por las quemaduras en sí (que al final no fueron tanto), sino porque lo más seguro era que tuviésemos que ir al hospital comarcal y que allí acudiera mi padre, como así fue.

Don Eladio, el alcalde, nos llevó a los cuatro: Vero casi no lloró en el camino, Isa leía un tebeo de chicos y mi madre se pasó todo el viaje con las gafas de sol puestas y los dedos de la mano derecha masajeándose las sienes.

Cuando papá llegó por el pasillo y me despachó con un revoltijo de pelo y un beso preguntándole a mamá «por la niña», estuve tentado de entrarle por la espalda como un defensa central. Pero me contuve porque entonces iba a haber dos lesionados en vez de una.

A Vero le vendaron la pierna y el brazo como a una momia. Nos hicimos una foto con todos alrededor de ella.

Luego el doctor se puso a hacer un montón de preguntas y entonces papá se enteró de que estaba sola en la cocina cuando se quemó. Mi padre se cabreó bastante, pero no la lio. Yo me cagué encima, pero allí nadie olió nada.

Antes de irse, habló bajito y bien con mamá en un aparte. No se dieron beso. Me regaló una armónica. De vuelta al pueblo, le pregunté si ya le había dicho a papá que nos había quitado la tontería.

En el coche sonaba Imperio Argentina y don Eladio se rio.

—Este chico, qué *jodío*. Qué cosas tiene.

* * *

Nos gustaba ir al cementerio por varias razones: estaba en las afueras, a diario no había nadie, Gregorio podía fumar o hacer que fumaba, siempre permanecía abierto, había flores y pardales y, para ser sincero del todo, era bastante entretenido.

Por entonces ya sabíamos restar y jugábamos a ver quién adivinaba antes la edad del muerto. Por ejemplo: leíamos en la lápida «PEDRO SÁNCHEZ TEJEDOR. 1914-1971». Y el primero que decía en voz alta cincuenta y siete años sumaba un punto.

Yo aprobaba siempre en matemáticas, pero suspendía en muertos. Vicente Jesús, al revés.

El que más años tenía del cementerio sumaba ochenta y uno. Había bastantes enterrados a finales de la década de los treinta y a principios de los cuarenta. De jugar tantas veces a lo mismo, ya nos sabíamos de antemano las respuestas, fila por fila, lápida por lápida. Más que un camposanto, aquello parecía un cuaderno de operaciones de Rubio. Así que tuvimos que idear nuevos acertijos.

Cuántas letras sumaban el nombre y los apellidos de los muertos.

De qué vivos eran familia.

Cuánto hacía que la habían palmado o cuántos años habían pasado desde que el enterrado nació.

Vicente Jesús se llenaba los bolsillos de caracoles para jugar luego. Yo perseguía lagartijas en vano. Gregorio se sacaba un Rex al llegar a la tumba de su hermano y golpeaba la lápida con los nudillos. Yo creo que no para llamarle, sino para asegurarse de que el material era bueno.

—¿Te imaginas que te meten ahí y no estás muerto todavía?

—Dicen que les crece el pelo.

—Sí. La picha te va a crecer.

—Que sí, que me lo ha dicho mi tío, que les crece.

Yo les dejaba a los dos enzarzarse en la distancia. Un poco porque la tumba del hermano de Gregorio la teníamos requetevista y otro poco porque en el cementerio siempre me entraban muchas ganas de hacérmelo encima.

—¿Qué haces ahí quieto?

—Buscando una cosa.

—¿Y qué cosa es que llevas cinco minutos quieto y apoyado en esa esquina?

—Un lagarto.

—Tienes la cara roja.

—Del sol será.

Cuando empezaron a sospechar, tuve una idea brillante: en cuanto veía una mierda de perro (había muchas) la pisaba adrede. Un poco con la punta, tampoco era plan de llevársela entera. Así, si alguno se quejaba del olor, la culpa era de los perros o de mi torpeza. Pero no de mi cochinería. Mamá se ponía enferma. Porque ella no era Gregorio ni Vicente Jesús y ahora me llamaba guarro y medio.

La tumba del mongólico era muy pobre, pero al menos tenía nombre: Luis No sé qué No sé cuántos, que de niño solo te sabes los apellidos si los escuchas recitar cada día en clase y este chico no la pisaba.

Aquella tarde del entierro supe que, si eras bajito, te dejaban ponerte delante para ver mejor. Que hay mucha gente que solo te quiere si te ahogas en un pozo. Y también que había un toque de campana que se llamaba tocar a niño muerto. Un toque muy lento y muy triste con el que te daban ganas de crecer muy rápido.

Allí estaban todos: el alcalde, la señorita Mercedes, los guardias, el practicante, Luis el de los ultramarinos, don Ubaldo, la señora Amparo, Vicentico el de la tienda, los vecinos y algunos niños que acabábamos de salir de la escuela.

El viento hacía chirriar la veleta de la entrada. Los cipreses se doblaban casi tanto como la espalda de la abuela del chico muerto, que iba inclinada sobre un bastón. Pasó muy cerca de mí. Olía a colonia, a vieja y a baúl recién abierto. Nadie entendió lo que dijo el cura porque lo dijo rapidísimo y mal.

En aquel entierro me dio por pensar que el chico muerto tampoco iba a cambiar tanto después del accidente. Que antes vivía en una cueva profunda y que, ahora que se había muerto, iba a estar bajo tierra de igual forma.

Estuvimos varias semanas sin ir al cementerio. No fue solo por un único motivo. Se juntaron el frío tardío, una epidemia de paperas, la impresión del primer funeral de tu vida y la sombra del muerto.

Cuando regresamos para enterrar un gato atigrado, lo vimos.

Te crees que conoces de cabo a rabo un sitio en el que has estado mil veces, pero no. Pasa lo mismo que con tus padres.

El montículo estaba semioculto por las zarzas del muro. Un montículo de tierra muy pequeño, el más pequeño de todo el cementerio. Con una crucecita blanca sin nombre alguno donde había escrito un solo año.

Vicente Jesús retiró la maleza con un palo y lo midió dando pasitos en paralelo, como cuando elegíamos equipo para el fútbol echando a pies.

Le salieron cinco pies nada más.

* * *

Aquel primer verano fuimos los cuatro una semana a Granada, no porque nos gustara Granada, de la que no nos había llegado postal, sino porque la tía de mamá era monja en una residencia de ancianos y allí podíamos estar una semana gratis.

—Si la tía os pregunta por papá, le decís que no ha podido venir porque está trabajando en Villaverde Alto. ¿Entendido?

El coche de mamá era un Seat 127 nuevecito, de color gris, que estrenamos aquel mes de agosto. Yo sabía que mi madre era distinta no solo porque condujera, sino porque ninguna otra mujer del pueblo era maestra, ni fumaba, ni tenía pantalones, ni tenía un setter irlandés, sino galgos o parecidos.

La señorita Mercedes (al ponerse al volante yo veía a la señorita Mercedes) conducía mucho más despacio que papá, no fumaba en el coche, siempre iba con las dos manos agarradas al volante y además solo ponía a Perales y últimamente a Camilo Sesto. Cuando llegaba la de *Algo de mí*, esa que empezaba con «un adiós sin razones, unos años sin valor», los tres nos poníamos como locos a cantar el estribillo y mamá (al cantar yo ya veía a mamá) subía el volumen.

«Aaaaaalgo de mí, aaaaalgo de mííííí, algo de mííííí se va muriendooooo...».

Desde lo de las lentejas, ya no teníamos tontería ninguna. Yo no sé si nos habíamos hecho un poco más mayores por eso, por lo de papá o por lo del mongólico. Pero el caso fue que no vomitamos nada en ocho horas de viaje. Y solo pregunté cuánto queda veinte o treinta veces.

A esa edad, yo conocía más pecados de los que había cometido.

Sabía que había un pecado que era tocarse, otro que era cagarse en San Dios, como decía Gregorio cuando se mosqueaba, otro más que era comer carne los viernes u otro que era codiciar los bienes ajenos. Pero en aquella residencia de ancianos descubrí el pecado mortal más raro de todos. Fue cuando mi tía la monja me llevó a su habitación para darme unos caramelos de esos de monja (duros y enormes) y luego me pidió que me diera la vuelta un momento.

—No se te ocurra mirar.

—¿Por qué?

—Porque me voy a quitar la toca.

—¿Qué es la toca, tía?

—Con lo que nos tapamos el pelo.

—¿Y qué pasa porque te vea el pelo?

—Pues, hijo, que verle el pelo a una monja es pecado mortal.

Yo no iba a mirar porque pensaba que iba a desnudarse, pero me di la vuelta un poco precisamente por eso: porque uno no tenía todos los días un pecado mortal a golpe de cuello.

Me reprendió un poco, pero sonreía. Mi tía tenía el pelo corto y aplastado, como cuando yo me quitaba el verdugo. Parecía un pollito. Con canas. Eso sí que era un pecado.

Unas vacaciones sin el padre son peores si eres niño y, sobre todo, si eres niño sin hermano. Porque ni Vero ni

Isa sabían jugar bien al fútbol y mamá —cuando por fin se apiadaba y se ponía conmigo— no tiraba a trallón, que era como a mí me gustaba, sino con un punterazo ridículo.

No solo es que dejes de ver al padre, sino que tampoco nadie te lleva al Calderón de vez en cuando. Ni al casino, donde el domingo cogía chapas de Lauki o de Cinzano. Ni al embalse a no pescar y a quemarme la espalda que luego mamá me curaba con vinagre. Ni al Campo del Gas a ver lucha libre en vacaciones de Navidad. Ni por supuesto podía comparar mi cola con la de un mayor.

Volvimos al pueblo bastante morenos de la playa de Motril y con el 127 lleno de arena y de pelos. Mamá regresaba feliz a su manera y nosotros, a la nuestra: un montón de conchas en varias bolsas, el recuerdo de los helados Drácula al caer la tarde, las ganas de volver a la era blanca.

Fui el primero que la vi y el primero en leerla.

En la postal que habían metido por debajo de la puerta estaba escrito «Recuerdo de Cáceres». Papá comenzaba diciendo en boli negro: «Hola. ¿Qué tal estáis, mis chicos?», preguntaba por las vacaciones, prometía que nos vendría a ver pronto, contaba que no había parado de trabajar y nos pedía que nos portásemos bien y que ayudásemos a nuestra madre. Con una postdata: «Ayudad también a la señora».

Preguntarle a mamá por la señora de la que hablaba papá y quitarme ella la postal de las manos fue todo uno.

Soltó la maleta para leerla del tirón, la dejó en la cómoda, farfulló algo en voz alta, terminó de meter las cosas en casa, cerró la puerta y, después de decirnos que nos lavásemos las manos (siempre lo hacía), nos ordenó que nos sentásemos en el cuarto de estar porque quería hablar con nosotros.

Fue uno de esos momentos que recuerdas toda tu vida. Una de esas escenas que inauguran algo. La bisagra entre un antes y un después.

Se estaba fresquito. El Fliqui se derrumbó en el suelo de losa. En la mesa camilla descansaba el botijo encima de un plato. Bebí y me mojé: sabía a anís. Vero puso la tele y mamá la quitó. A continuación, levantó la persiana un poco y en la estancia entró una luz a rayas con la que parecíamos abejas. Luego se dejó caer suspirando en el sofá, como si hubiese venido haciendo *footing* desde Granada y no a ochenta por hora con Camilo Sesto.

—Esto es algo que os quería anunciar cuando llegáramos al pueblo. Pero ya os lo ha dicho vuestro padre en la postal. Ese hombre, si se calla, revienta.

—¿Papá va a venir a vernos pronto? —interrumpió Isa.

—No, no hablo de eso. Bueno, sí, supongo que vendrá a veros. Pero no era eso lo que os quería contar.

—¿Es lo de la señora, entonces? —inquirí yo.

—Eso.

—¿Qué es lo de la señora, *ma*? —preguntó Vero.

Y mamá se incorporó un poco, acarició al perro que tenía a los pies y comenzó a contarnos.

—Vosotros ya sabéis. Sabéis que papá tiene mucho trabajo en Madrid y que no puede venir, que mamá está siempre sola en el pueblo y que tiene que dar clases a un montón de niños. No es lo mismo que si estuviésemos los cinco siempre. Entonces sería otra cosa. Pero estamos los cuatro. Solos. Yo y vosotros tres. Nada más.

—Se dice vosotros tres y yo —dijo Isa encogiéndose de hombros.

—Pues vosotros tres y yo.

—Y el Fliqui, *ma* —apostilló Isa.

—Y el Fliqui.

—¿Y los canarios? —siguió Isa.

—Y los canarios...

—No seas plasta —cortó Vero—, déjala que siga.

—No pasa nada... Vosotros tres, el Fliqui, los canarios, mi trabajo... Eso es lo que os quería decir. Que hay veces en que mamá sola no puede más. Estáis todo el día por ahí, yo tengo que lavaros la ropa —me guiñó un ojo—, recoger, fregar, corregir, poner deberes, tomaros la lección, coser, cocinar... ¿Os acordáis de cuando me puse enferma?

—Sí.

—¿Quién vino a ocuparse esos días?

—La señora Amparo. Nos ponía de comer y fregaba todo.

—Os ponía de comer... Si no es por ella, yo no sé. Pero la señora Amparo tiene su vida y sus ocupaciones.

—El azafrán.

—Los campos de azafrán, sí. Y también llevar la casa con sus dos hermanos. Y, bueno, más cosas... ¿Os acordáis de cuando te agarraste la pulmonía con esos dos por ahí?

—Sí.

—Mamá casi se muere del susto. Y papá. Yo pensé que os había pasado algo. Todo el pueblo os estuvo buscando. Los guardias. Los vecinos. El alcalde. Los chicos mayores. Los cazadores del coto, que conocen los pozos. ¿Sabéis qué? Eso de los miedos que tenéis a veces, eso del hombre lobo o de los muertos vivientes no son nada comparados con el miedo que te entra cuando eres mayor, es muy de noche, han pasado varias horas y no encuentras a tu hijo. Yo pensaba... Pensaba mucho: en todos los peligros, en que yo a lo mejor no estaba demasiado pendiente, en dónde andarías, sobre todo pensaba en dónde andarías... Y notaba aquí en el pecho como que me faltaba el aire...

—Igual que el Fliqui en el coche esta mañana.

—Igual. Me sentía ahogar del susto. Como un calor muy grande en el pecho que no te dejara respirar, y eso que aquel día hacía frío. Pensaba en si te habría pasado algo, en que eras muy pequeño y estabas todo el día por ahí. Veía pozos. Y coches sin luces. Y yo qué sé qué de cosas. Y pensaba en vuestro padre también. Ya veis, pensaba en él.

Mamá se quedó callada un instante. Sacó un cigarrillo. Se lo encendió. Era el tercero del día. Apoyó la barbilla en la palma de la mano que sostenía el pitillo. Parecía una actriz de lo guapa que estaba. Una actriz con gafas enormes, eso sí.

Luego siguió contándonos puesta en pie, como si estuviera en clase.

—Lo hemos hablado papá y yo. Lo mejor es que mamá tenga ayuda, que venga una señora a ayudarnos. Sobre todo, estará pendiente de ti. —Me señaló, no sé si me alegré, creo que Vero e Isa rabiaron un poco—. Tus hermanas son menos trasto que tú y además son mayores. —Se quedó callada un instante. Su mirada iba de uno a otro. Sonreía y mantenía las cejas arqueadas—. ¿Qué os parece? Hará cosas de la casa, procurará que no la líes y que zascandilees menos, me ayudará en la cocina, me han dicho que es una mujer muy especial... —Dio una calada larga. Echó el humo hacia arriba. Se encogió de hombros. Sonrió de nuevo—. Está sola. La semana que viene vendrá para quedarse a vivir con nosotros. A eso se refería la postal de tu padre. Eso era. Ahora decidme: ¿alguna duda?

* * *

—¿Cómo crees que será, Vero?

—Pues una señora de pueblo. De las de toda la vida. Gorda y eso.

—¿Y tú, Isa?

—Fea como un demonio. ¿Te acuerdas de aquella patata del huerto que sacó mamá y que tenía forma de cara?

—Sí.

—Pues así.

Reíamos. Luego se hacía el silencio. Cinco segundos. A lo sumo diez. Hasta que volvía a preguntar.

—¿Y si es una ladrona, Vero?

—David, hijo, a ver si te crees que mamá va a meter a una ladrona en casa.

—Es que, como no está papá, si entra una ladrona con un cuchillo, no tenemos nada que hacer...

—Ah —me cortaba Isa—. Si no está papá, tú eres el hombre y nos tienes que defender a todas...

—Jo.

Nos gustaba hablar entre susurros y a oscuras, apenas iluminados por el reflejo de la farola. En la habitación donde dormíamos los tres, colgaban un cuadro con un bodegón y un crucifijo de escayola. Charlábamos sentados sobre las almohadas. Aunque, casi siempre, Isa y yo acabábamos en la cama de Vero, que estaba algo más elevada que las nuestras.

—¿Y si vuelve papá?

—Y si vuelve papá, ¿qué?

—Que si va a poder quedarse aunque esté la mujer.

—¿Y qué tiene que ver?

—Pues que a lo mejor ya se apodera.

A veces, cuando nos tirábamos mucho rato hablando, aunque fuera bajito, se oía el shhhh prolongado de mamá mandando dormir.

Pero lo mejor era cuando venía ella en camisón, entraba como pidiendo permiso, nos preguntaba por lo que estábamos hablando y se sentaba frente a nosotros tres en una de las camas vacías. Cogiéndose las rodillas con los brazos.

En esas noches, parecía que la niña era ella.

—Vero...

—¿Qué?

—¿Y si no nos gusta, la podemos cambiar por otra?

—Anda, cállate, *pesao*.

—Eso —terciaba Isa—. A ver si al que vamos a cambiar es a ti...

* * *

El día siguiente mamá se lo tiró limpiando la casa y ordenándolo todo. Tanto que, más que venir a trabajar, parecía que aquella señora llegaba a un apartamento en Torrevieja.

La de cambios que venían. A veces crees que le das un hogar a alguien, un sustento, una oportunidad, un futuro, en definitiva. Pero es justo a la inversa: esa persona que llega de fuera es la que te lo va a dar a ti.

Mamá lavó primero al Fliqui y luego nos obligó a bañarnos y a frotarnos detrás de las orejas, que era la prueba del nueve de que la visita iba en serio. Puso flores en la entrada. Nos hizo vestirnos con nuestras mejores ropas, que en mi caso consistía en unos pantalones cortos de paño, unos zapatos brillantes con hebilla y una camisa blanca de manga corta. Fue echando Nenuco por la casa como si fuera un botafumeiro. Nos volvió a recordar ciertas cosas.

—Repito: si yo no estoy en casa, ella es la que manda. No es una señora que tenga estudios, pero eso no significa nada de nada. Es bastante mayor que mamá. Tratadla siempre de usted. Acordaos de las tres palabras mágicas: por favor, gracias y perdón. No es una sirvienta, ojo. Es como tener una tía. Es simpática y muy buena. Como yo me entere de que le faltáis al respeto, no obedecéis o tiene que andar detrás de vosotros, hay castigo. Ahora esperad aquí sentados.

Cuando sonó el timbre, mamá se miró en el espejo, nos echó un último vistazo y acudió a abrir la puerta como quien cierra otra.

No nos movimos. Hasta el Fliqui posaba impecable en aquel bodegón.

Sonaron dos besos en el pasillo. Mamá le dijo varias cosas vocalizando mucho y muy despacio, como si la maestra estuviese aprendiendo a hablar a estas alturas. Luego entornaron la puerta y allí estaba.

No era lo que me esperaba.

Era una montaña de alta y robusta más que gorda. Su busto era enorme, como si estuviese dando de mamar al pueblo entero. Por el cuello le asomaba el cordón de un escapulario de la Virgen del Carmen. Tenía el pelo corto, gris y a trasquilones, a mí me recordó a una oveja mal esquilada. Olía a naftalina y a chimenea. Llevaba un vestido estampado de una pieza, medias gruesas a pesar de que era verano y unas zapatillas de felpa de andar por casa, como si acabase de entrar en la nuestra para quedarse. Traía una bolsa grande. Sonreía por casi todo sin abrir la boca. Caminaba arrastrando un poco los pies. Hablaba levantando mucho la voz y, según corroboraría luego, apenas sabía leer ni escribir. Pinchaba un poco y, por más que le decías, sus manos tenían el tacto de un serón.

Pero lo peor de todo era lo que mamá no nos había contado: esa mujer no escuchaba.

(Él y aquello)

Si el ultramarinos se llamaba ultramarinos porque era una tienda en la que vendían productos traídos de Ultramar, allí como mucho veías bacalao en salazón o sardinas en escabeche.

En el ultramarinos del señor Luis tenían patatas, sacos de legumbres, nueces, castañas, pimentón, encurtidos, azafrán, vino cosechero, queso o pan, todo de secano, así que ultramarinos ultramarinos como los de la ciudad no debía de ser. A lo peor era que los peces abisales, los caballitos de mar o los filetes de orca asesina solo llegaban hasta los ultramarinos de Ciudad Real y lo único exótico que les quedaba para mandar al ultramarinos de un pueblo era el arenque.

Allí fue nuestra primera salida juntos.

Todos nos vieron porque atravesamos la plaza en diagonal. Y yo recuerdo que me dio un poco de vergüenza cuando tuvieron que dejar de jugar al frontón porque pasábamos nosotros dos.

Era un día de diario, quedaba poco para que empezaran las clases, casi no había nada en la despensa y mamá le dijo a aquella señora que se acercara conmigo hasta el ultramarinos del señor Luis. Yo cogí la lista de la compra con una mano y la que me quedaba libre me la agarró ella bien fuerte, como si lo primero de la lista fuese yo.

Compramos lo ordenado por mamá. Y ya cuando nos íbamos a ir, aquella señora se agachó y me preguntó si me gustaban las aceitunas gordas. Yo me encogí de hombros imitando a Isa, como contestando pues claro. Como si las aceitunas gordas fueran lo mismo que darle un beso a una actriz rubia y extranjera. A ver quién decía que no. Entonces sacó su monedero del bolsillo de la bata y pagó con su dinero. Y nada más darme la bolsa con una satisfacción que yo veía exagerada, me dijo algo que no entendí hasta mucho tiempo después.

—¿Dónde te habías metido, eh? Cómo me has crecido.

Porque yo no me había metido en ninguna parte. Ni podía haber crecido mucho en dos días que ella llevaba con nosotros.

Si de algo me sirvió ir comiendo las aceitunas fue que no tuve que darle la mano de vuelta. Y que me chuleé delante de mis hermanas al llegar a casa. Desde aquel primer día, siempre quise volver con ella a ese lugar.

Cuando había que ir al ultramarinos, Isa y Vero se ofrecían dando saltos y levantando la mano, pero o bien yo era su favorito, o bien ella solo cumplía con el mandato de estrecha vigilancia personal que le había encomendado mi madre.

El ultramarinos era un tendedero de colores. El rojo de los pimientos colgados a secar. El añil de las cajas ordenadas. El verde de los bidones de aceitunas. Pero también era un inventario de olores. A especias, a ahumados, a pan recién hecho, a aceite, a escabeche, a humedad. Ahora sé que más que el olor del ultramarinos (que también), me terminó gustando el recuerdo de su olor. Cerrar los ojos e imaginarme allí dentro. Un lugar seguro de la infancia. Pero también una puerta al otro mundo.

Los olores.

Su olor.

Tuvieron que pasar varias semanas para que, en mi cabeza, aquella señora pasara a ser la señora Emérita. Y otras tantas para que la señora Emérita pasara a ser Eme a secas. Y ello era porque yo estaba bastante enfadado con mamá.

Pensaba que había cambiado a mi padre por una vieja de cincuenta. Como si aquella señora hubiese venido a sustituir a papá para siempre y, por eso, mamá la hubiera cogido parecida a él: alta, con las manos duras y el pelo corto.

Para tratar de engañarme.

* * *

La cuestión no era que los viera menos que antes. La cuestión era que, cada vez que quedábamos los tres,

Gregorio, Vicente Jesús y yo, la señora Emérita permanecía a una distancia prudencial para controlarme. Al igual que papá en el pantano, cuando se sentaba en una peña mirando fijamente a la veleta.

La veleta era yo, claro. Y si algo picaba ahí abajo y me hundía, allá que iba ella corriendo como podía para sacarme a flote.

Yo no conocía una forma de querer así, tan suicida y primitiva. Se habría metido sin dudar en una casa en llamas solo para sacarme de allí. Se habría tirado en plancha a la laguna para rescatarme, aun sabiendo que no sabía nadar.

A veces me daba por hacer el bestia a propósito solo para que aquellos dos vieran lo que esa mujer era capaz de hacer por mí. Cosas como trepar por un poste de la luz o hacer funambulismo por el brocal de un pozo.

Entonces venía corriendo y haciendo ademanes, me agarraba fuerte de un brazo y me zarandeaba, me decía que eso no, que eso no, que eso no se le hacía a la Emérita. Luego volvía a sentarse en su sitio. De vuelta a casa iba muy callada, pero con su mano en mi cogote. Jamás se chivaba. Vero e Isa alucinaban en colores.

Había tardes contadas en que me dejaba marchar solo, porque ella andaba cocinando o haciendo limpieza general. Pero siempre, sin excepción, antes de salir por la puerta, me peinaba de un modo que odiaba. Así que me despeinaba nada más doblar la esquina como le había visto hacer al Fliqui después de mojarse.

Mis amigos la llamaban la sorda y yo ya le decía señora Emérita. Sobre todo, para que me oyera mamá. Pero un poco también porque entre las aceitunas gordas, su complicidad y que siempre me decía que sí cuando le iba con el parchís o las cartas, se iba incubando algo que yo no había conocido jamás.

Me daba lo que mamá no tenía tiempo para darnos. Y también lo que a papá ya no le daba la gana de darme.

Mi padre vino de visita y me trajo un reloj Casio con cronómetro, pero ella me regaló algo mejor. Cogía el boli, me levantaba la manga, me agarraba la muñeca y me dibujaba uno con dos flechitas que siempre marcaba las tres en punto. Entonces me lo acercaba a la oreja.

—¿Funciona, hijo?

Yo asentía varias veces.

Nos daban las nueve juntos.

Hasta que empecé a sentir por la Eme lo mismo que Gregorio decía que sentía por su madre. Seguro que era un pecado mortal peor que el de verle el pelo a mi tía la monja. Pero yo aquello no lo podía evitar.

Gregorio decía que, si tuviera que elegir salvar a alguien de su familia, si tuviera que cortarse un brazo por alguien, esa persona sería su madre. Yo igual, pero con Eme.

Una vez me reprendió muy seria porque no estaba haciendo los deberes que me había preparado la señorita Mercedes y me había puesto a jugar al gua yo solo. Se enojó de veras. Me dijo que únicamente si estudiaba sería lo que me diera la gana. Me preguntó que cómo malgastaba así el tiempo. Y que cómo quería ser: si como la burra de garrafa de la Emérita o como su madre.

Miré la hora en el reloj que me había hecho.

No tardé ni un segundo en contestarle.

* * *

Creo que aprendí a escribir correctamente en tan poco tiempo porque tenía necesidad de comunicarme más y mejor con ella. A la señora Emérita debió de ocurrirle lo mismo. Solo que en ella los avances fueron vertiginosos.

Cuando algo quedaba escrito, se entendía mucho mejor. Y podías releerlo una y otra vez. A mí me hacía una gracia infinita verla agarrar el lapicero con aquellos dedotes que parecían zanahorias. Ponerse a borrar a continuación. Porque, a la tercera palabra que había escrito, a mis hermanas y a mí nos entraba la risa.

Pero no una risa como cuando en la escuela nos reíamos del Pirracas porque no sabía hacer la o con un canuto, sino una risa de felicidad compartida.

—Jugamos a las maestras —le decía Isa hasta que comprendía—. Nosotras te hacemos los exámenes y tú tienes que aprobarlos, ¿vale?

—Vale, hija.

—Hoy toca Lengua, eh —seguía Vero—. Len-gu-a. —Y sacaba la suya.

—Lo que digáis las maestras.

—Yo soy el director.

—El director, muy bien. El Currete es el señor director.

—Soy el director David... No el director Currete.

—Pues el director David, Currete.

Recuerdo aquellos momentos en el cuarto de estar como uno de los mejores de la infancia. El sol de la tarde yéndose. El calor del brasero y el olor del picón. Mamá preparando una clase. Vero, Isa y yo poniéndole un dictado a la Eme después de haber hecho nuestros deberes. Y ella allí, en el centro de la mesa camilla, con las dos manos encima, leyendo nuestros labios y escribiendo lo que le decíamos que tenía que escribir. Mientras se mordía la punta de la lengua como si estuviese levantando un saco de abono o zurciendo.

—¿Vais a cazar a la Emérita, eh?

Y yo, dándole en el brazo para que me mirara y abriendo mucho la boca.

—Un raaaaayo cayyyóoo ayeeeeer en el áaaarboool.

—Uy, qué demonio de chico. Cómo va a caer ayer un rayo en el árbol, dice, si ayer hizo bueno.

Vero se paseaba por la estancia imitando a mi madre en clase. Isa le tiraba miguitas a la Eme: decía que ella hacía el papel de alumna mala. Mamá se reía y todo parecía como antes.

Las calificaciones las iba yo poniendo en un papelito que pegué con celo en el frigorífico. Si en octubre había tenido veinticuatro faltas en una cara, en noviembre ya eran dieciocho y en diciembre solo eran doce. Acabamos aquel curso con dos o tres errores por dictado. La señorita Mercedes decía que escribía mejor que yo, y la señora Emérita, cuando entendía lo que mi madre nos estaba diciendo, daba un respingo para atrás y decía qué cosas tiene esta mujer.

Las palabras escritas te hablan al oído. Para una mujer sorda que apenas sabía lo justo, escribir pato o trueno o ladrón era algo parecido a atrapar un sonido, poder verlo luego como si fuera un saltamontes clavado en un corcho.

—La hache será muda —se reía—. Pero la Emérita está sorda. Así que menudo avío hacemos las dos juntas.

Ella guardaba aquellos dictados acribillados en boli rojo al igual que si fueran sangrientas cartas de amor. En una carpeta amarilla que escondía debajo de la cama. En la carpeta había puesto «Diztados de Currete». Aunque los *diztados* se los pusiéramos los tres. Había días en que nosotros estábamos estudiando y ella se ponía a repasarlos arrastrando el dedo índice por cada línea, de izquierda a derecha, chascando la lengua cuando saltaba de párrafo. Como si le estuviera quitando el envoltorio a un misterio.

—A la Emérita vais a cazar.

* * *

La perra se quedó sorda de un escopetazo.

Era la primera vez que salía de caza con mi padre. Habíamos quedado en ir con José Luis en su jeep. Por el monte los tres solos. Desde antes de que asomara el sol hasta la hora de comer. Iban a llevar dos escopetas, cartuchos, cartucheras, ropa de camuflaje, una bota de vino, una brújula, varios cepos, papel higiénico y un bocadillo de salchichón para mí. Uno que tenía pensado compartir con la perra chica y la perra vieja.

Yo iba a ser el encargado de los prismáticos. No podía hacer ruido. No podía quejarme del frío ni de la caminata. No podía moverme cuando me dijeran que me estuviese muy quieto. No podía preguntar si quedaba mucho. No podía ir delante de ellos. No podía quedarme muy atrás. No podía distraer a las perras. Pero yo quise ir de caza con mi padre y José Luis a pesar de todo.

Mi padre me dijo que, si me portaba bien, si me portaba como un hombre, al final me dejaría pegar un tiro. Un solo tiro que iba a disparar a lo último, justo antes de volvernos en el jeep, cuando ya no pasara nada porque espantase a las liebres, a las codornices o a lo que fuera que fuésemos a matar. Me dijo eso y que no le dijera nada a mamá.

De la ilusión, ya estaba despierto a las cinco, justo una hora antes de que sonara el despertador. Porque mi padre me había dicho que si estaba muy dormido, no me llamaba. Y yo por nada del mundo me quería perder aquella aventura que era lo más parecido a jugar a militares.

Monte arriba, los faros del jeep de José Luis iban encendiendo las copas de los árboles en medio de la oscuridad. Ellos dos fumaban en silencio. Yo iba atrás con las dos perras, que permanecían tumbadas. Sabía que nos adentrábamos en un terreno inexplorado porque el camino desapareció y el coche comenzó a dar botes. Me alegré de no haber desayunado. Llevaba los ojos muy abiertos y escudriñaba entre la maleza como si fuese a salir un oso de entre los olivos.

No tenía nada de sueño.

No tenía nada de hambre.

No tenía nada de mareo.

No tenía nada de miedo.

Sabía que estábamos llegando porque apagamos las luces, pero no el motor. Avanzábamos muy despacio. Mi padre bajó la ventana hasta que se le atascó la manivela.

—Está rota. No baja más.

Clareaba. Olía a tomillo y a tierra mojada.

Habíamos llegado.

* * *

A pesar de que ya me leía los labios con una destreza sobrenatural, siempre salíamos con una libreta pequeña y un lapicero. Era porque tenía que deletrearle palabras que no conocía o porque, a la tercera vez que alguien le intentaba decir algo levantando la voz y ella no entendía, Eme sacaba papel y lápiz del bolsillo y se lo ponía al otro en la palma de la mano.

—Explícate bien, anda, que no te entiendo.

Sacaba la libreta, aunque el otro no supiera escribir. Porque era una forma de decir que ella sí. Y que solo tenía tres faltas en un dictado de una cara.

Vivir en la casa de la maestra obraba esos milagros ortográficos. Aunque el milagro no fuese cosa de la señorita Mercedes, sino de tres niños que estaban encantados de que les hicieran caso.

Las postales de mi padre eran recibidas sin el entusiasmo de antes. No tenían ni una sola falta, sobre todo porque siempre eran las mismas palabras. Queridos hijos con hache. Espero que estéis bien con be. Por aquí mucho trabajo con be. Ayudad con i griega a vuestra madre con uve y a la señora. Os mando un beso muy grande con be. Y así todo.

En el último año vino una docena de veces. Nunca se quedó a dormir. Mi madre se sumió en un mutismo disfrazado de exceso de trabajo y yo creo que tomó distancia de nosotros porque, de algún modo, le recordábamos a él. A lo que habíamos sido los cinco y ya no. A lo que habríamos seguido siendo. Debió de ver una bendición (así decía ella: una bendición) en aquella mujer de pueblo que, por este orden, primero le cuidaba al hijo, luego le hacía la casa y la comida y, en tercer lugar, les echaba un ojo a las dos hijas.

Vero quería ser maestra. Isa decía que iba a ser policía astronauta. Yo por entonces tenía claro que o dejaba de cagarme o me iban a tener que alimentar ellas dos.

Por las noches, me asaltaban las dudas.

—Isa, si tuvieses que elegir, ¿tú preferirías ser ciega, sorda o muda?

—Yo, muda.

—¿Y entre ciega o sorda?

—Pues sorda... ¿Y tú?

—Yo ciego no. Y sordo tampoco: porque entonces no podría escuchar las canciones de papá. Y mudo... Mudo... Mudo... Mudo creo que tampoco me interesa.

—No, hijo —interrumpía Vero, tapándose la cabeza con la almohada—. Tú tranquilo que mudo no te quedas... Dueeeeerme.

Mamá la veneraba como a un objeto muy valioso. Porque a esas alturas ya comprendía que la señora Emérita llegaba a sitios donde ella no alcanzaba y, de alguna manera, había recompuesto el equilibrio en casa.

Para dormir todos necesitábamos silencio, pero la señora Emérita adoraba el ruido. Esto es: que hubiese una luz encendida hasta tarde, el ganchillo al lado de mi madre hasta que esta terminara sus cosas, el olor del agua con lavanda que ponía encima de la estufa, pelar patatas a esas horas, el tacto del escapulario para coger el sueño.

Mi madre nos rezaba que cuatro esquinitas tenía mi cama y que cuatro angelitos nos la guardaban, pero mi cama por lo menos tenía cinco. Y uno de ellos era una sorda que pinchaba cuando te daba un beso. Y yo le pedía a mi madre o a la señorita Mercedes (eso dependía) que, después de ella, viniera la señora Emérita a darme también otro, porque si no lo hacía, no me venían las ganas de dormir.

Ella nos besaba uno a uno. Pero a mí me dejaba para el final. Como se hace con el currusco del pan o con las patatas fritas, que te lo dejas para lo último para así irte con el regustillo.

Aprendí a estar callado, a meterme en una cabeza sin sonidos. Y a distinguir entre un silencio hermoso, que era el de la nieve cayendo, y otro silencio como de muerto de ataúd, uno muy oscuro, que debía ser el de la Emérita cuando de noche cerraba los ojos.

A esas alturas, yo ya sabía que se morían los mongólicos, los caracoles inyectados de alcohol y los gatos. Porque los nombres del cementerio al que seguía yendo con mis amigos no eran más que un juego infantil.

Creo que adquirí la certeza de la muerte, la conciencia de que el mundo también le podía hacer un daño físico e irreparable a los tuyos, aquel día de primavera.

Ocurrió durante una tarde en que yo había quedado a jugar a peleas.

Jugar a peleas consistía fundamentalmente en hacer una banda, citarte en un sitio con otra formada por chicos que no te caían necesariamente mal, fijar dos trincheras artesanales, ponerte dos cazadoras y dos verdugos para amortiguar, determinar cuándo se te daba por muerto y, finalmente, llenarte los bolsillos de cantos para intentar abrirle la cabeza al otro.

La señora Emérita no estaba convocada para el partido. De hecho, se quedó en casa haciendo jabón con mamá. O eso dijo.

Jugar a peleas lo teníamos prohibidísimo, y más desde que un niño que se llamaba Diego estuvo a punto de perder un ojo de un cantazo a traición que le rompió las gafas.

Ocurrió porque nos saltamos la norma principal. Porque cuando se jugaba a peleas había una premisa básica: antes de lanzar, teníamos que gritar fuego va para que los rivales pudieran usar las tablas como escudos. Y si no gritabas fuego va, quedabas eliminado y hasta te llamaban judío, que era lo peor que se te podía llamar.

Así que mi sorpresa fue grande cuando, después de llevar un buen rato defendiendo una posición con mi mejor amigo, la vimos aparecer por detrás de un montón de grava que había en la obra. Más alta que nunca. Impasible. Como buscando algo que era suyo.

—Tú, ¿y esta cómo se ha enterado de que íbamos a jugar a peleas aquí? —me preguntó Vicente Jesús.

Me encogí de hombros y seguí lanzando piedras. Recuerdo que pensé: la de cosas que oyen las sordas.

Entonces, a medida que ella avanzaba despacio pero seguro, empecé a gritarle para que se quitara de en medio, que, teniendo en cuenta que no oía, era la cosa más estúpida que podía hacer.

Nosotros dejamos de tirar por miedo a darle. Pero los del otro bando comenzaron a gritar fuego va, fuego va, fuego va partiéndose de risa y se nos vino una lluvia de piedras encima.

O aquella mujer no veía los cantazos o era un nuevo superhéroe de la Marvel. Porque los guijarros le pasaban rozando la cabeza y ella ni se agachaba ni retrocedía.

—¡¡Currete, que vengas!! ¡¡Como se entere la señorita!!

A mí aquella manía inexplicable de decirme Currete (cuando me llamaba David) me daba lo mismo en privado, pero en público me dejaba definitivamente en evidencia. Una cosa era ir de la mano con ella y otra cosa que te pusieran nombre de helado delante de tus amigos: Currete de fresa.

Yo creo que les hacía mucha gracia eso de Currete y más gracia les hacía que ella no pudiera oír. Porque mientras estábamos bajo las tablas aguantando la metralla enemiga, solo acertaba a escuchar risas y más risas, «fuego va» o «la sorda vale doble». Una sorda que ni miraba a su espalda y que venía irremediablemente hacia mí, que a esas alturas ya había sido descubierto.

Pero el mongol del Pirracas seguía. Y los que estaban con él, también. Siempre los dominaba.

Los primeros petardos que lanzó eran de los que suenan poco. El último de todos ya no. Un petardo de esos enormes. De los que le traía su tío de Valencia y que ya probó el año pasado delante de todos como para hacerse el chulito: lo metió en el ojo de un ladrillo y lo reventó.

Fue en ese momento en que cesó el ruido cuando levanté la cabeza y lo vi con un mechero en una mano y algo en la otra. Corría hacia la señora Emérita. Le grité en vano mientras venía hacia mí haciendo gestos y el Pirracas acortaba distancias por detrás. Cuando la alcanzó entre risas, ya había encendido la mecha y le metió el petardo en el bolsillo de la bata. Ella notó algo y se llevó la mano allí. Sonó un *fium* y un estruendo. El lateral de la bata soltó una nubecita de humo y el brazo entero de la Eme dio una sacudida.

Recuerdo justo el instante de después, ese momento en que adquirí la conciencia de que el mundo también le podía hacer un daño físico e irreparable a tu gente.

Ella sacó la mano aturdida y muy lentamente, como cuando te encuentras algo que no es tuyo en el bolsillo y lo miras contrariado. Los dedos estaban negruzcos y empapados en sangre. La Emérita metió la mano bajo el sobaco y siguió andando hacia mí, que acudí corriendo. El Pirracas estaba asustado y yo estaba muy nervioso, pero creo que la Emérita estaba sobre todo triste.

—Vámonos, Currete.

Fue el trayecto de diez minutos más largo de mi vida. De tanto llevar la mano bajo la axila para frenar la hemorragia, parecía que le habían disparado en el corazón. Cuando mamá abrió la puerta, soltó un aydiosmío muy alto y muy rápido que solo le había escuchado aquella vez que se quemó la hermana.

Perdió dos falanges.

Aquellos días mi madre lloró como si la Emérita se nos hubiese muerto.

Estuve castigado por lo menos tres mil años. La señora Amparo se ocupó de nosotros. Hasta que ella volvió a casa al poco tiempo y le dijo a la señorita Mercedes que lo que había pasado eran cosas de críos.

Lo dijo cenando. Y nos pusimos a ello al día siguiente: ahora más que nunca —nos pidió moviendo la mano vendada—, quería que le enseñáramos a escribir bien.

* * *

Bajamos del jeep. Nos abrigamos bien. Cogimos las armas. Echamos a andar. Me dieron una pequeña mochila con los prismáticos, el papel higiénico y el bocadillo. Me la crucé como lo hacía Gregorio. Respiré muy hondo. Agarré un palo que ya no solté. Recuerdo lo dura que estaba la tierra y cómo crujía la escarcha bajo mis botas.

Durante la primera hora, no vimos ni un solo animal. Había trechos en que la jara me llegaba más arriba de la cintura, vi telas de araña llenas de gotitas de agua, nidos entre las vides. Mi padre y José Luis chistaban a cada poco. Se aferraban a las escopetas y se las echaban al hombro como si hubiese llegado el momento. En esos instantes me quedaba muy quieto y me latía muy fuerte el corazón.

Las perras iban y venían olisqueando el suelo con las orejas tiesas.

A la perra vieja le colgaban las tetas como una faltriquera dada de sí.

En esas tetas se había criado la perra chica, que era muy nerviosa y apuntaba maneras, pero le faltaba una pausa, pararse más, chivar mejor. Eso le oía a José Luis.

—Te digo yo que no, Natalio. Que la cachorra apunta mejores maneras. Pero le falta la pausa, perfeccionar el patrón y aguantar la muestra hasta que lleguemos.

Anduvimos varias horas. Iba pegado a mi padre. Conocí el olor de la pólvora y diez maneras diferentes de maldecir. Todo eso que escupe por la boca un cazador cuando yerra un disparo franco.

Cada vez que una de las perras se cobraba una pieza, José Luis les acariciaba el cuello con orgullo paterno-filial. De cuando en cuando, paraban y fumaban. Yo jugaba a hacerlo con una ramita y el vaho.

El almuerzo fue a media mañana. Una peña nos sirvió de mesa. Mi padre y José Luis comieron queso, torreznos y chorizo que cortaron con una navaja y bebieron de la bota hasta mancharse. El bocadillo de salchichón lo compartí con la perra chica, que se ponía sobre dos patas cada vez que amagaba con lanzarle algo.

Cuando reanudamos la marcha, reparé en el botín.

Llevaban las piezas colgando alrededor de la cintura en una danza macabra.

Una liebre sin rostro.

Seis codornices aliquebradas.

Dos conejos con las entrañas llenas de plomo.

La sangre tibia licuándose. Y los cuellos bailando a cada paso. Ese hálito de vida que resiste boca abajo, antes de que te quiten las plumas o te arranquen la piel.

* * *

Si eres un niño con dos hermanas mayores que tú y te llevas bien con ellas, es que eres un pringado. Eso decían mis amigos.

Las mías no eran malas chicas, pero eran dos. Dos niñas contra uno. Así que, desde que se fue papá, no podía ni medirme el pito ni preguntarle a nadie por la piel de la picha. Y todo eran incomprensiones cuando se me escapaba alguna gota en la taza del váter o rompía algo tirando a cañonazo sin querer.

Vero mandaba a su manera en Isabel, que era tirando a ingobernable. Isabel quería mandar en mí. Yo no tenía a nadie a quien mandar. Solo al Fliqui, que me hacía caso relativamente. Le silbaba. Levantaba la cabeza del suelo. Cogía la correa para salir a la calle. Salíamos a cagar cada uno lo suyo.

A mí eso de que la señora Emérita las llamara las blandas me envalentonaba. Porque si ellas eran las blandas, debía de significar que entonces yo era un tipo duro. No estaba papá. Eran cuatro mujeres, una de ellas sorda. Me lo decía mi madre, que por entonces ya casi siempre era la señorita Mercedes, en la escuela y fuera: «Tú eres el hombre de la casa».

Ser el hombre de la casa era mucho mejor que ser el Currete. Porque lo segundo sonaba a pequeño y lo primero sonaba a mi padre. Aunque, luego, el hombre de la casa al que le pusieron David por el abuelo se cagara de miedo con la oscuridad o se cagara a secas.

Unas blandas. Eso eran. El único de los tres que no lloraba con las inyecciones era yo. Yo era el único que había ido más allá de los almendros y el único que había recorrido mundo porque iba con la Eme al ultramarinos de Luis.

Luego en la calle daba igual cómo te llamaras porque nosotros siempre éramos los hijos de la señorita Mercedes o los chicos de la maestra. Como si no tuviésemos nombre o fuésemos un racimo con tres uvas.

Cuando estábamos de buenas, hablábamos de cómo sería el fin del mundo que un día nos anunció en la cocina de los abuelos mi tío Jorge, que vivía con ellos en Madrid, era testigo de Jehová y esquizofrénico. De cuántos pecados había hecho cada uno. De lo que íbamos a pedirles a los Reyes. Casi nunca hablábamos de las postales que llegaban. La que más nos escuchaba era una sorda.

En todos los pueblos en que estuvimos, mis hermanas siempre tenían menos amigas que yo. Y no era porque fueran menos abiertas, sino porque Isa y Vero se tenían la una a la otra, pero yo no tenía a nadie. Y debía salir a buscar a los chicos ahí fuera como el que sale a cazar ranas.

Pero a veces me hacía gracia jugar a la goma con ellas y con Sufragio. A nubecitas y todo eso. Un poco porque me gustaba Sufragio y otro poco por chincharlas: a los diez minutos ya estaba enredándome aposta con la cuerda elástica y haciendo como que me ahorcaba. Entonces ellas iban a quejarse a mamá, la Emérita se daba cuenta y las llamaba blandas, y yo me iba por ahí con mis amigos a invadir Polonia.

Por lo demás, me seguía cagando encima con bastante soltura. Lo que hoy habría sido carne de psicólogo entonces se despachaba con naturalidad. Te quitabas los calzones sucios, te lavabas el culo, te ponían otros y, cuando ya no te quedaban más porque en casa no se daba abasto, te colocaban unas bragas de ganchillo de tus hermanas.

Ellas protestaban, pero no demasiado. Uy, si hubiese sido al revés.

Era lo que decía antes: si no tienes padre, no puedes medirte la cola ni preguntar por la piel del pito. Y mucho menos puedes hablar de lo que por entonces se me venía a la cabeza en la cama: lo que más me preocupaba de llevar bragas era si me volvería marica, a ver cómo le iba a escribir a la Emérita eso en un cuaderno.

O lo que hacían mis amigos donde el depósito de agua detrás de los setos.

Que yo sepa, al menos fueron tres veces. Recuerdo la primera como si fuera ahora. Llegué al depósito con una pelota y no estaban donde siempre. De hecho, ni estaban. Así que cuando me iba a ir, Vicente Jesús me chistó, salió de entre la maleza a lo lejos y me hizo una señal para que fuera.

Al llegar, estaban todos emboscados. Mario, el Pirracas, Gregorio, Vicente Jesús y hasta Eugenio Tododieces. Solo que haciendo el trenecito con los calzones bajados hasta los tobillos, con el pito más o menos flácido acurrucado en la ranura anterior. Sostenía Gregorio frente a su auditorio en pelotas que así se hacían los niños. «Lo mismo que hacen los galgos», aclaró. Solo que tenían que ser macho y hembra para que agarrase.

—¿Quieres tú también ponerte, eh?

Me debió de ver cara de idiota porque se rio. E inmediatamente después se movió un poco adelante y atrás.

—Como los perros.

Dije que no muy rojo. Y me fui por el camino de vuelta botando la pelota. Un poco asustado por si Gregorio se quedaba embarazado del Pirracas, que era el que tenía justo detrás.

Dije que no.

No porque me diera miedo terminar marica. Sino por lo mío, a ver. Otra cosa habría sido si, las tres veces que me lo propusieron, no hubiese llevado puestas unas bragas de ganchillo de mis hermanas.

* * *

La ropa nos empezó a sobrar. Mi padre se bajó la cremallera de la parte superior del mono hasta la cintura, se sacó los brazos y dejó que la prenda colgara como la piel de un plátano.

Apuntando así, con el arma al hombro, parecía un soldadito de los que me entraban en los sobres.

El tedio y el cansancio empezaron a hacer mella. También el sueño. Al tercer bostezo, José Luis me tiró una bellota.

—Uy, este. Parece que flojea.

—El madrugón. A ver.

—Quédate aquí si quieres bajo el árbol, que nosotros vamos hasta esa linde y volvemos.

—No, no, no. Yo me voy con vosotros.

A veces me sentaba en el suelo y jugaba a escribir con un palo como le había visto hacer a Eme. Otras, marcaba el tronco de una encina. Cada vez que orinaba, apuntaba a darle a algo. Era la forma de medir mi destreza.

Cayeron otra media docena de piezas. Cada vez que sonaba un disparo, me levantaba muy rápido y miraba, como si el campo fuera la retransmisión de un partido de fútbol y fueran a dar la repetición. Pero no la daban. A esas alturas, los prismáticos los llevaba mi padre.

Iba a preguntar si quedaba mucho, pero era una de las seis cosas que él me había dicho que no podía hacer.

No sé cuál de las dos cazaba mejor, pero yo me hice amigo de la perra chica, que desde el bocadillo de salchichón se me acercaba de vez en cuando por si las moscas. Venía corriendo después de cobrar alguna codorniz, daba un par de vueltas alrededor de mí, me golpeaba jadeante con el rabo, mostraba su lengua llena de babas, me lamía las manos y ponía sus dos patas delanteras en mi pecho.

—Deja a la perra chica, que se emboba y no hace la muestra.

—Es ella, yo no le hago nada.

—¡Tusa!, ¡perra!, ¡tusa!, ¡tusa!, ¡tuuuusa...!

En el sembrado cayeron las dos últimas piezas. Sin soltar la escopeta, mi padre levantó los brazos cantando gol. Nos reímos mucho. Bajo una chaparra, fumaron de nuevo, empinaron la bota, se quitaron los cinturones.

El tacto de los cadáveres era más rígido. La mayoría de los cuerpos ya estaban fríos. Una mosca verde se posó en el hocico sanguinolento de un conejo. Miré muy de cerca la liebre más grande y gorda. Aquella mirada.

Esos dientes. Toqué con el dedo su córnea. La muerte tenía los ojos de una muñeca.

José Luis tiró la colilla al suelo y la pisó.

—Bueno, pues habrá que ir volviendo, ¿no?

* * *

Gregorio me enseñaba que, para robar uvas donde Atilano, había que ir pisando en los terrones para no dejar huellas y la señora Emérita me enseñaba que no había que robar.

Pero le hacía más caso al primero que a la segunda. Que ya que no me atrevía con un pecado mortal en el depósito por lo menos que me atreviera con uno venial en la viña.

Así que íbamos como el que va a una sucursal bancaria: furtivos y tensos. Aunque luego no nos las comiéramos y las usáramos para ver quién encestaba más uvas en una lata que poníamos en la Fuente Honda.

Clonc. Uno cero.

Clonc. Dos cero.

Clonc. Dos a uno.

Esos sonidos que eran la felicidad.

—¿Pero ella no oye nada de nada?

—Nada.

Clonc. Dos a dos.

—Mi padre también tiene una prima sorda. Es sorda de nacimiento. ¿La señora Emérita también es sorda de nacimiento?

—No. Ella fue de una infección, me dijo mi madre.

Clonc. Dos a tres.

—Si te lavas las manos, no coges infecciones. Eso es que ella no se las lavaba.

—No seas animal. Infección de oídos.

Clonc. Tres a tres.

—Pues entonces eso es que no se lavaba detrás de las orejas.

—Empate.

Si faltaba una sandía, si se había roto un cristal, si unos terrones tenían pisadas infantiles, éramos los sospechosos habituales. Atilano nos hacía levantar la planta de los pies como había visto yo que hacían los árbitros con los futbolistas del Atlético de Madrid antes de saltar al campo. Y luego, frunciendo el ceño como si estuviese leyendo algo allí o acabase de descifrar un mapa, decía: «Me cago en tus tripas».

—Tu padre ya casi no viene al pueblo.

—Es que le han hecho jefe-jefe en Madrid, pero de los gordos.

Clonc. Cuatro tres.

—¿Y si le han hecho jefe de los gordos, cómo es que trabaja los sábados y los domingos?

—Debe ser para mandarnos postales.

—Ya.

Clonc. Cinco tres.

—¿No te da miedo una sorda?

—¿Por qué me iba a dar miedo?

—Y tan alta... No sé. Por si hay un fuego en casa, tú te pones a chillar para que te rescaten y la sorda no te oye.

Clonc. Seis tres.

—Mi padre dice que él no la metía en casa ni regalada. Que no habrá mujeres con las entendederas en su sitio en el pueblo como para encapricharse uno con la Emérita.

—¿Y qué sabrá tu padre?

—Pues nada.

Clonc. Siete tres.

—¿La quieres más que a tu madre?

—No seas exagerado.

Clonc. Ocho tres.

—¿Pero la quieres más?

—No sé. Puede.

* * *

Los caminos de vuelta siempre se hacen más cortos que los caminos de ida. Me pasó lo mismo volviendo de Granada. Si desde que salimos del jeep con las escopetas parecía que habíamos recorrido los montes de media Europa, ahora que ya avistábamos el coche todo se antojaba como una excursión dentro de los límites mundanos.

Desde lo alto, el robledal se extendía hasta el cruce de caminos con una lengua parda. Mi padre miró a lo lejos haciendo sombra con la mano. José Luis se quitaba el barro de las botas golpeándolas contra el suelo. Yo le rascaba la barriga a la perra chica.

—Venga, que tire el niño, coño. Se ha portado como un jabato y no ha dicho ni mu la criatura. ¿Quieres tirar?

—Por fa.

Mi padre sonrió y asintió.

José Luis abrió la escopeta, introdujo dos cartuchos de color rojo, se agachó, se puso de rodillas, acomodó el arma en mi hombro, se colocó detrás de mí, me dio las instrucciones.

—Atento, chaval. Apunta a ese tronco de ahí, el de la marca blanca. Tienes que mirar por aquí, ¿vale? No, no, no. No cierres el ojo. Que la mirilla te quede justo debajo de a donde quieres dar. ¿Sí? Aprietas muy muy despacio el gatillo. Pon fuerte el hombro, por el retroceso. ¿Preparado?

—Sí.

—Pues vamos.

—Vale.

—Despacio, eh.

—Sí.

Al animal debió de llamarle la atención aquel ademán de abrazo de los dos. Por eso se nos puso de patas. La perra chica se nos vino encima muy contenta justo cuando disparaba. La detonación fue a cañón tocante con la oreja. Fallé el tiro por más de un metro. Pero eso fue lo de menos. El animal echó a correr despavorido en un aullido interminable.

—La madre que parió a la puta perra chica. La madre que la trajo.

La perra vieja comenzó a ladrar y la perra chica iba y venía restregándose parte de la cabeza contra el suelo.

—Tenía que tocar los cojones la perra de la virgen.

Mi padre me quitó la escopeta de las manos. A mí me entraron ganas de llorar. José Luis zigzagueaba detrás del animal, que se movía enloquecido y asustado.

—La perra de los huevos.

Consiguió sujetarla por el collar, la metió en el maletero con rejilla y cerró la puerta.

—Arreando.

En el camino de vuelta, José Luis conducía muy serio y el animal iba gimiendo todo el tiempo. Gemía y se rascaba la oreja izquierda con la pezuña. Volvía a gemir y se la volvía a rascar. Como si tuviera un avispero dentro y no pudiera sacárselo.

No hablamos casi nada.

La perra chica se quedó sorda del escopetazo.

A mi madre le dijimos que había sido un disparo de José Luis.

* * *

Poco a poco, la fueron adoptando todos.

A Vicente Jesús le hacía mucha gracia cuando contaba unos chistes verdes en los que decía muy bajito tetas, culo, potorro o pepinillo. Él le pedía más y ella se reía roja como un tomate.

A Gregorio le decía que tenía un pelo rojo muy bonito y unas pecas muy graciosas. Y también que era un demonio de listo. A Gregorio le gustaba lo de listo, pero lo de demonio más.

A Mario le llamaba el Dos Velas porque siempre se sorbía los mocos. «Tú, Dos Velas, ¿es que no tienes pañuelo?». El pobre siempre andaba resfriado. Eme le hizo una bufanda marrón que su abuela le obligó a devolver y me quedé yo.

A Eladito, el hijo de don Eladio, el alcalde, le fascinaban las rosquillas de anís que hacía y lo rápido que desollaba los conejos. «Sin haber estudiado», añadía siempre al verla faenar.

A Eugenio Tododieces le decía que a ver si se iba a olvidar de sus amigos cuando fuera ministro.

A Sufragio, a Sarita, a la Encarni y al resto de amigas de mis hermanas les tejía ropa diminuta para las muñecas o les hacía un ramillete de margaritas y amapolas atado con un tallo verde.

Hasta el Pirracas se arrimó a ella, después de un tiempo prudencial, para que le enseñara los dedos mutilados. Un poco avergonzado al principio, pero luego ya no. Si tenía papel cerca, le pedía a la Emérita que pusiera la mano mala encima. Conmigo vigilando. Él pasaba el lapicero por el contorno muy despacio. Luego veía el resultado al trasluz y decía qué animal soy, qué animal soy. Y la señora Emérita parecía entenderle.

El único que no rompía el muro era Tomás. Pero es que Tomás era algo mayor y muy callado.

Las pipas de calabaza que compraba la Eme eran para todos. Sabía de caza. Y de bichos. Y de setas. Y de la matanza. Y de los peligros de los caminos. Y nos contaba historias de miedo o de la guerra, que muchas veces eran lo mismo.

Emérita nos cogía los melocotones más altos y maduros y, cuando jugábamos, ella se mantenía alejada y solo se acercaba arrastrando sus zapatillas de andar por casa si alguno se caía y lloraba. O si nos peleábamos, que era un día de cada dos.

Pero era Eme solo para mí. Y guardaba bien oculto el secreto de las bragas. Y me dejaba contarme de más al parchís. Y al terminar el día estaba a este lado de la puerta y no fuera.

Muchas veces, a solas, cuando ella estaba de espaldas y sabía que no podría leerme los labios, empezaba a hablarle como si me pudiera oír.

Un juego que me había inventado yo solito.

Y entonces le decía sorda, sorda como una tapia. Y vieja, le decía. Vieja y sorda. Eres una vieja sorda. Eres una vieja sorda que pone ayer con hache y elle. Mi madre es más lista que tú. Y estás sola. Y también le preguntaba si se iba a ir. ¿Te vas a ir, Eme? Al principio muy bajito y luego subiendo la voz. ¿Nos vas a dejar? Dime si te vas a ir con otro Currete. Yo no quiero que te vayas, Eme.

A mí me habría gustado que escuchara a Daniel y Leti, que pudiera oír los truenos lejanos, esa risa asmática que tenía y que parecía un fuelle roto.

Lo que entendí en aquellos años fue que medio pueblo se pone a hablar de ti si en casa hay dos que no se quieren. Y también si ven que hay otros dos que se quieren de un modo nunca visto.

Entendí que, en aquellos años y en aquel lugar, solo valía lo que era útil: José Luis mató a la perra de un disparo a la semana siguiente.

Cuando me preguntaban qué quería ser de mayor, decía lo que ellos querían escuchar. Pero la verdad es que yo no quería ser nada. Y menos ser mayor. Nunca. Me habría quedado siempre allí. A salvo y con aceitunas gordas.

Mi reloj siempre marcaba las tres en punto.

(Ella y ella)

Sé lo que le habrán dicho por ahí de mí, señorita. Porque seré sorda y no tendré estudios, pero tonta no soy.

Sé lo que le habrán dicho y quiénes. Con qué aspavientos la una. En qué momento del día la otra. El tono de voz de la más modosita. Los afanes de cada cual. Mi madre me lo decía: hija, cuando en un pueblo se mueve el aire, el tufo a purina siempre viene de las mismas casas. El olor a mierda de cerda, vaya. Y acertaba.

Las madres aciertan más que se equivocan, ¿no cree usted? Pero de eso te das cuenta cuando lo eres tú, a ver. O cuando ya no las tienes. Que antes de eso no haces más que porfiar con ellas. Verles defectos. Hasta que pares y la cosa cambia. La mía me ayudó a parir. No sabía leer, ni escribir, ni de números, pero hacía muchas cosas con las manos.

A mí me entró usted por los ojos por lo fina y moderna, señorita, que en eso sí que no le voy a mentir. Pero también por lo sencilla. Que cuando pasaba por lo de su casa, lo mismo estaba sentada con gafas de sol leyéndoles algo a los chicos en plan jólivud, que andaba apañando el huerto de atrás, perdida de tierra y en pantalones, como los hombres.

¿Se acuerda del huerto, señorita? Levantaba el lomo, con una mano hacía sombra en los ojos para poder ver y con la otra saludaba al que pasaba. Mismamente como en las películas, cuando se despide el que va arriba en el barco.

A esa gente viajera me recordaba allí entre los surcos, diciendo adiós con la mano.

Usted era la del barco, señorita. Allí arriba.

Y nosotras, las del pueblo, éramos las de abajo. Las que no íbamos a ninguna parte.

Le digo que me entró por los ojos por lo que a todas nos entró. Pero para mí sola queda la tarde aquella de julio en que fue a hablar conmigo y terminó escribiéndome lo que quería en una hoja. Después de intentarlo de palabra y nada. Después de hacerme gestos y nada. Sorda como un botijo, ya ve.

Sonrió, se sacó una libreta del bolso, se apoyó en la mesa, escribió lo menos un minuto, arrancó la hoja, me la dio.

Tengo aquí el papel.

Usted decía: «Hola, señora Emérita. Soy la maestra, me llamo Mercedes. Mucha gente me ha hablado bien de usted y yo necesito a alguien para que cuide de mi hijo el pequeño durante el curso. La necesito en casa viviendo con nosotros. Por supuesto con su jornal, comida y cama incluidas. Somos cuatro, dos niñas, el niño y yo. Y un perro. Pero es suficiente con que usted esté pendiente del niño. A él le va a encantar. Espero que viceversa también. Es usted perfecta. Y me han contado que cocina divinamente. ¿Qué me dice?».

Y yo no tuve otra ocurrencia que preguntarle quién era Viceversa. Que si no decía que era cuidar a un niño nada más. O que si eran dos: el niño chico y Viceversa.

Cómo se rio usted, ay, madre. Qué vergüenza que pasé luego cuando me explicó. Y qué abrazo nos dimos después de que le dije que sí. Mismamente.

Le pareceré una boba de garrafa, pero yo creo que nadie me había dicho nunca algo tan bonito, señorita. Ni tan siquiera el Ramón, que después de casarnos ya no decía ni oste ni moste.

«Es usted perfecta».

«Es usted perfecta».

«Es usted perfecta».

Qué quiere que le diga. No se cansa una de leerlo.

* * *

Escribo para mí en este cuaderno. No para que lo lea nadie, quia. Es para que no se me olvide. Para que quede. Igual que cuando los hombres hacen una obra con el cemento y luego ponen unos palicos con las iniciales y una fecha.

Escribo y lo guardo. Hago granero. Pensamientos. Miedos. Bobadas de una. Chaladuras. Dudas que me entran.

Me muero de ganas por saber lo que le gustó de mí. Porque había más mujeres para cuidar del muñeco. Y, sobre todo, las había que no estaban sordas. Pero usted fue a por la sorda, que digo yo que es como entrar a un corral para hacer un guiso y escoger una gallina a la que le falta algo.

Y vaya si me falta algo, eh, señorita. No me diga que no lo sabía cuando fue a buscarme a casa. Una casa bien sencilla, como vio. De viuda sin hijos. Una casa modesta pero limpia, eso sí. Sencilla, limpia, luminosa, apañá. Y digo yo que demasiado ordenada, ya sabe por dónde voy.

Mala cosa el orden, señorita.

Yo creo que se puede vivir sin escucharles, pero no sin verles. Sin verles revolver, tocar lo que no deben, cambiar las cosas de sitio. Mismamente.

Aunque usted les mira poco. A los hijos suyos, digo. Los da por supuestos. Todo el día ahí corrigiendo o preparando ejercicios o yendo a la escuela por una gotera o porque hay ratones; o visitando a la tarde al que no fue a clase, que ya son ganas, señorita Mercedes.

La veo como si estuviera empachada de muchachos de otros cuando entra por casa, como si se hubiese dado un atracón de ellos y lo que quisiera es que los suyos no lo fueran.

Que el Currete no fuera ya un niño, sino un hombre.

O que la Vero y la Isa no fueran dos pollitas blandas —porque le han salido blandas—, sino dos mujeronas. Sobre todo la mayor.

Que digo yo que lo suyo es como el que se ha acostumbrado a tener jamón en casa y ya ni lo prueba. Fíjese usted lo que le digo: un jamón de esos buenos, mismamente. Puesto en su jamonero en la cocina. Uno que al principio pruebas a diario, pero que luego ni aprecias. Hasta que se te seca. El jamón y todo.

Asín somos.

¿Es asín o es así?

Es así.

Pero le hablaba del orden, señorita Mercedes.

No se imagina la alegría que me dio levantarme el primer día en su casa y ver ya ese desorden que luego fue a más. Las camas deshechas del Currete y las niñas. Los tazones de la leche por ahí. La mesa llena de migas. Una servilleta en el suelo. Las muñecas en el lavabo. Las botas azules que no aparecían. El plumier con todas las pinturas desparramadas en la mesa. El orinalico por el medio. Y usted apurándoles y metiéndoles prisa, que no llegamos, creo que decía, que no llegamos, que no llegamos.

Yo le dije que marchara, que ya estaba la Emérita, que no se preocupase. Y luego lo fui poniendo todo en su sitio, que es como quitarle vida a una casa.

Mala cosa el orden, señorita. Una se levanta por la mañana y ve que no ha cambiado nada de lugar. Que solo hay un plato en el fregadero. Que no va a entrar nadie corriendo por el pasillo. Y que todo va a seguir igualito en el mismo sitio a las once y a las tres y a las nueve.

Habrá un día en que eche en falta este revoltijo, se lo digo yo.

Y que se emocione, dentro de mucho, cuando vea una peonza en el cajón de los cubiertos.

* * *

Me habría gustado ser como usted en muchas cosas. Menos en lo de fumar, a ver. Qué sé yo, tener unos estudios, haber viajado siquiera hasta Portugal, estar rodeada de chicos pequeños, saber conducir, sentarme atrás en misa si me da la real gana o no ir, vaya, ser tan buena moza para todo como usted, eso de valerse una por sí misma sin necesidad de hombre que te ladre.

El hombre es un animal, decía mi madre. Uno que cuando eres novia te mira como un lobo y que cuando eres su mujer te ladra como un perro. Don Ubaldo, el maestro anterior, ladraba.

Y también lo otro.

Siempre hacía un poco de menos a las mujeres del pueblo. «Espaldas injustamente sustraídas al mundo de la agricultura», recuerdo que les decía a las chicas que iban a la escuela. Ay Dios. Esos hablares que dan vueltas para decir una cosa bien sencilla: que no teníamos que estar allí, sino en los fogones.

Como si le molestara que estudiasen las pocas que iban, ya ve. Y luego nos decía que criábamos a los hijos asalvajados, como hurones o liebres, eso decía. Y también que de allí no iba a salir más que grama.

Por eso fue un gusto verla llegar al pueblo, señorita, porque usted no es así ni falta que hace. Y mezcló a los chicos con las chicas el primer día en un solo rebaño, que no se hablaba de otra cosa en el pueblo. Y puso a borrar la pizarra y a escribir la fecha a la hija de la Dolores. Y a la Encarni le regaló un estuche con un cervatillo marrón, que me lo dijo a mí su madre, la Inés, muy agradecida. Y luego me enseñó a mí, ya ve. Bueno, usted y los chicos, que el Currete se troncha con los dictados.

Lo que le digo: lo mismito que don Ubaldo.

Claro que lo normal es que sus hijos acaben mandando a los nuestros. Me lo dijo la Inés y es verdad. Porque así ha sido de toda la vida de Dios y gobierna mejor un ingeniero que un pastor de ovejas.

Uy, la primera vez que me oyó esa frase. ¿Se acuerda? Que si no hablara así delante de los niños, que si la falta de oportunidades y que si el atraso, que si usted, señora Emérita, vale lo mismo o más que una maestra, que si la mujer del campo patatín y patatán.

Lo hacen para que no acaben de destripaterrones, ¿sabe? Lo de mandarlos a la escuela. Es como si una ya no tuviera remedio, pero el hijo o la hija sí. Como si lo tuyo te diera lo mismo, pero lo del chico no. Lo del chico tiene que salir bien sí o sí, porque para eso te estás tú haciendo unos sabañones del demonio. Para que no los tenga él. Mismamente.

Entonces friegan, limpian, vendimian, cogen azafrán, andan al jornal de lo que sale, van al rebusque con frío o con calor, se revientan a coser o a pelar almendras porque las pagan bien, y ni se quejan, ni cambian los muebles de la casa nunca, se quitan de todo solo para que lo tengan ellos. Y luego, cuando van sacando los estudios y los mandan a la ciudad para que hagan una carrera, siguen lo mismo solo que sin ellos. Recibiendo una visita al principio en Navidades o en Semana Santa y luego ni eso: como mucho, una postal, porque el chico está viajando y tiene que ver el mundo que no has visto tú. Ni vas a verlo. Tú, que sigues con el cinturón apretado, gastando lo mínimo, sin salir de vacaciones porque allí, donde el chico estudia la carrera, todo cuesta mucho. Y lo tuyo ya no tiene remedio en el pueblo, pero lo del hijo sí. Aunque luego el hijo llegue tarde a tu entierro en un coche muy caro y muy bien vestido, como le pasó a la señora Trini con su Germanín. Toda la vida trabajando la mujer para que le estudiara el hijo. Y lo consigue. Y entonces se va fuera y ya no lo ve casi nunca más.

Mismamente como se lo cuento.

¿Cuántas veces le ha dicho al chico que le quiere, señorita? ¿Cuándo fue la última vez que han jugado juntos?

El día en que la señora Trini murió, su hijo estaba en el extranjero y le llegó tarde al entierro.

Todas queríamos que nuestros hijos fuesen como el Germanín, ya ve.

Aunque llegasen tarde al cementerio, sí. Pero con una chaqueta y unos zapatos que daba gloria verlos.

* * *

No sabe la alegría que me da cuando usted me pone el brazo para que se lo coja, como si yo fuera algo suyo, y salimos a pasear en otoño por el camino del valle o el del monte. Con el chico por delante con la bici y con las niñas comiendo pipas de calabaza.

Una postal. Mismamente como una postal. O como una película de esas que terminan con música bonita y un FIN así de grande.

No sabe lo que disfruto haciendo los bocadillos de los niños. Eligiendo qué cosa le pongo a cada uno. Envolviéndolos después. Saliendo luego de casa como si nos fuésemos a Filipinas. Que si una pelota. Que si unos chicles. Que si el tirachinas. Que si una cesta, Eme, me dice, por si vemos setas. Imaginando si pararemos donde el chinarral o si llegaremos a donde los almendros, que están más lejos que Filipinas.

Porque lo malo no es el silencio que lleva dentro una, señorita, como si fuese un luto que no tiene remedio. Lo malo son los silencios de fuera. Cuando no tienes a nadie que te ponga el brazo. Y no hay un chico en bici que te abra el camino. Esos son los silencios malos.

Dirá usted que soy una burra, pero a mí me da igual no oír si sé que alrededor tengo ruido.

No me asusta que algo esté roto aquí dentro. Lo que me asusta es que esté escacharrado lo de fuera. Saber que, aunque oyera, aunque Dios me devolviera los oídos, no tengo nada que llevarme a las orejas. Mismamente.

No da miedo el silencio con el que vive una sorda, señorita. Da miedo el silencio con el que vive la que puede oír a las mil maravillas, pero no tiene ruidos cerca. O no los quiere. O huye de ellos como del demonio. Porque se cree que toda la vida los va a tener ahí. Y no.

El primer silencio es ley de vida. No sé si me explico.

El segundo silencio es la misma muerte.

¿Cuándo fue la última vez que buscó el ruido de los hijos, eh? Diga. ¿Han hecho rosquillas juntos alguna tarde? ¿Cómo sería de un día para otro su vida si no les oyera revolver el mundo, señorita? ¿Cuánto hace que no le pide que le toque la armónica? Esa que le tocaba al principio, ¿se acuerda? Esa que le trajo su padre y que a usted le pone mala. La que tocaba hasta que un día la metió en un cajón.

Se puede vivir sin el marido, se lo digo yo. A veces hasta es mejor vivir sin el marido. No se puede vivir sin el hijo.

Me gusta cuando de repente los cuatro se ríen. Ver esas risas que parecen unos fuegos artificiales. Me gusta cuando se ríen de la Emérita porque una salga para el camino del valle con las zapatillas de andar por casa puestas. O cuando pongo ogar sin hache en un dictado. Y el Currete levanta la cabeza, y se lo pasa a usted o a las chicas, y todos se ríen, y el chico me señala la falta en boli rojo y me pone el brazo por el cuello.

Venditos ruidos, señorita Mercedes.

Benditos, perdón. Se pone benditos.

Pues así queda. Que no me da la gana de poner tachaduras.

* * *

Va delante él con la bici.

Se suelta de manos y saluda.

Se estontona.

Yo pego un grito y voy.

El chico llora mucho.

Tiene sangre, señorita.

Y usted, tan pita. Que a veces me pone mala con tanta lección fuera de la escuela.

Dice usted que hay que dejar que se caigan. Y yo pienso que una mierda, con perdón. Que lo que hay que dejar es que se levanten. Ponerlos bien de pie. Saber tirar de ellos. Darles cuerda como a los relojes. Hacer que funcionen sin caerse. No dejar que se vengan abajo como si fueran un muro mismamente comido de enredaderas.

Mi Currete, qué derecho andaba, eh.

El día en que me lo llevé por primera vez a mi casa para regar las plantas del corral y tardamos en volver, usted no me dijo nada, pero noté un gesto.

Yo enseguida me puse a contarle con detalle lo que habíamos hecho, como si hubiésemos hecho algo malo, ya ve. Que habíamos ido primero a comprar al ultramarinos del señor Luis porque sabe que siempre le cae algo, que luego nos entretuvimos en los columpios, que luego fuimos a mi casa a regar... Pero usted me sonrió, me cogió del brazo y me dijo que no hacía falta que le contara nada, que lo único era que estaba preocupada porque se hacía de noche.

Se lo quise contar de igual modo, pero tenía mucho que corregir.

Así que deje que se lo cuente ahora. Que imagino quién le habrá ido con el cuento. Lo del olor a mierda de marrana que decía mi madre cuando se mueve el viento.

¿Qué le dijeron de mí? Porque ya han dicho de todo.

De todo, madre mía del amor hermoso. Como si una fuera una meriendaniños.

Como si los niños estuvieran en peligro con la Emérita, ya ve. La de pedradas que le tiran a una mujer cuando se queda sin marido que tape bocas. La de animaladas que corren cuando una tiene una desgracia que no se va nunca. La de animaladas que se dicen cuando te ven con ellos.

Llegamos y tenía sed. Estaban las persianas bajadas y las levanté para que entrase la poca luz que quedaba. Él bebió del botijo nada más entrar, que sabe que refresca mucho. Y luego fue conmigo al corral a regar las plantas. Yo sacaba las herradas del pozo y él volcaba los cubos. Por eso se mojó el pantalón, que sé que usted se fijó. Luego anduvo revolviendo por la casa, ya sabe cómo es. También arriba, a ver. Entró en las habitaciones. Vio las trampas de los ratones. Al final acabó en el dormitorio. Me preguntó que si el de la foto era el Ramón. Le dije que a ver. Encendió la radio, supongo, porque anduvo un rato trasteando con la ruedita para un lado y para otro. Se sentó en la cama y probó el colchón dando saltitos. Yo me senté a su lado. Le hizo gracia el oso de tela que siempre hay en la almohada. Lo olió. Después volvió a tocar la rueda de la radio y levantó la persiana. Dijo algo mirando a la calle. Yo también me asomé. Y ahí fue. Ahí fue cuando esa nos vio en el dormitorio.

Ya ve. Una tontuna. Hasta me da vergüenza tener que andar contando.

Ni siquiera sé si le dijo algo.

Pero es que me entra como un dolor aquí en el pecho de solo imaginarme qué cosas.

Eso fue lo que pasó aquella tarde, señorita Mercedes. Por eso llegamos de noche.

* * *

El chico lo sabe. Ya sé que no se lo ha contado usted, descuide.

Lo sabe porque es un chico y está con otros chicos del pueblo. Y esos otros chicos saben. Mismamente.

Está bien que sepa.

Se lo digo yo que estoy todo el santo día con él. Porque a mí me lo pregunta todo, fíjese. Tiene una maestra en casa y me lo pregunta todo a mí. Hasta me pregunta cosas que debería preguntarle mejor a un padre, cosas del cuerpo de los chicos, ya se hace cargo usted. Pero padre tampoco tiene, como quien dice.

Me pregunta escribiendo en una hoja que por qué llevo un escapulario al cuello. Y que, si la Virgen del Carmen y la Virgen de Fátima existen y fueron dos, cuántas madres tuvo Jesús.

Me pregunta por las cosechas y por lo que usted planta en el huerto.

Me pregunta por Cáceres y por Toledo, ya ve. Y también por Leganés. A mí, que no he salido del pueblo.

Me pregunta que cómo vivía yo sin marido. Y que si me gustaría recibir postales de Ramón.

Me pregunta si un ahogado sufre mucho, fíjese usted qué tontunas más grandes.

Me pregunta que si nací sorda o me quedé de repente. Que si él se puede quedar sordo.

Me pregunta por lo que hacía yo antes de venir a cuidarle.

Tiene una maestra en casa y me lo pregunta todo.

Usted habla y predica como si nunca se fueran a terminar los primeros años de un niño y siempre fuesen a estar así.

Pero no.

Se van marchando. Un día se marchan los siete años, pum. Otro día se marchan los ocho, pum. Otro día se van los nueve, pum. Y después no los busque por ninguna parte, porque, si los encuentra, seguro que ya no son sus hijos. Sino parecidos. Con sus apellidos. Con algunos gestos de entonces, eso sí.

Pero los mismos no son. Se quedan en esos álbumes que rellenan como si los hijos fueran cromos. Se quedan ahí como niños encerrados en una colección que dan por terminada y luego ni abren. La leche que mamaron, ay.

Se van, señorita. Lo mismo que se van los bebés de teta o llega una noche en que ya no vuelves a lavar pañales a mano.

Se han ido y ya no vuelven. Y tú entonces te dices dónde leñes has estado mirando y qué has estado haciendo todo este tiempo.

* * *

Esta tarde, su hijo, como sin venir a cuento, me ha preguntado si alguna vez me voy a coger las de Villadiego. Estábamos en la mesa camilla mirando para el televisor. Se ha levantado y se me ha sentado encima lo mismo que un animalico. Me ha cogido los brazos y se los ha puesto delante como si yo fuera un cinturón de seguridad, mientras seguía mirando los dibujos. Entonces ha estirado una de las manos, ha arrancado una hoja del cuaderno de anillas y me ha escrito la pregunta. Que si yo me iba a ir y le iba a dejar.

Y a mí me ha dado pena decirle la verdad: que el que se va a ir un día es él. O sea, viceversa, señorita. Viceversa.

Y como me ha dado pena le he contestado que no.

Entonces, cuando ha terminado su programa favorito, se ha girado, se ha sentado en la mesa, hemos jugado un rato a piedra, papel, tijera, me ha llamado mentirosa con una media sonrisa y me ha preguntado si es verdad lo que le han dicho.

Le he contado. Creo que ya se lo imaginaba.

Y le quiero contar a usted también.

Verá, la almohada que tiene es demasiado baja. No le gusta la leche muy caliente, señorita Mercedes. No le ponga las judías verdes con vinagre y aceite porque las prefiere rehogadas. Dice que va a ser torero o veterinario. Le dan miedo las mantis. Está deseando tener un gato. No le riña demasiado porque se manche, porque es la forma que tiene de llamar su atención. Deje que lo revuelva todo, que solo el que lo revuelve todo saca algo en claro.

No sé si alguna vez ha visto a un gorrión sacudiéndose el agua o a un perro hocicando la nieve, señorita. Pues así. Yo querría que el hijo que no tengo creciera así. Mismamente.

(Él y ellos)

En la tienda de Vicentico había sobres de soldaditos y de cromos, recortables, dientes de Drácula, bombas fétidas, antifaces con forma de murciélago, chicles Bazooka de una peseta, regalices, palotes, pipas, Kojaks y Tigretones.

Con los dos duros que me daba mi madre de paga, podías ir a Vicentico y salir de allí como si hubieras saqueado el tesoro de un faraón. Aunque Vicentico era cojo, bajito y con la boca torcida, y de faraón nada.

Pero —a mis años— lo mejor que podías hacer con aquellas diez pesetas era gastártelo en Sarita.

Porque si le dabas un duro, Sarita te enseñaba el culo.

No sé si sería más pecado mortal lo nuestro o lo de ella. Lo hablamos los tres y estuvimos de acuerdo: lo de ella, lo de ella. Que para empezar pecaba ocho o nueve veces cada domingo y nosotros solo una.

Te llevaba a la caseta de ladrillo que había cerca de la era blanca. Te hacía entrar de uno en uno y entrecerrar la puerta. Te ponía la palma de la mano para que pagaras por adelantado. Tú depositabas el duro y entonces acontecía: ella se giraba, ponía el culo en pompa, se bajaba unas bragas parecidas a las mías y se quedaba así tres o cuatro segundos. Cuando te estabas inclinando, se acababa.

—Hala, ya —decía nada más subírselas.

—¿Ya? No has estado nada.

—Hijo, por un duro. Si quieres te hago la estatua media hora.

Entonces, cuando salía Gregorio después de mí, este siempre terminaba diciendo que Sarita era una carera y que más nos hubiera valido comprar unos Tigretones o unas bombas fétidas.

Pero al domingo siguiente allí estábamos otra vez. Animalitos de costumbres.

Si el domingo, que era el día de paga, no estabas en Vicentico después de misa, es que estabas haciendo fila en la caseta de la era.

La Emérita me preguntaba qué hacía con los dos duros, que antes siempre llevaba a casa unos soldaditos o un antifaz. Yo le decía poniéndome colorado que me lo comía todo. Ella entonces me pedía que le enseñara la lengua, echaba cuentas y me soltaba que si me había comido la tienda entera. Vicentico incluido.

Aquella mujer no solo es que se estuviese haciendo la sorda. Es que tenía rayos X en los ojos y yo ya pensaba que me lo adivinaba todo.

* * *

A la escuela se le llamaba las escuelas. Algo que yo no comprendía muy bien porque escuela-escuela, lo que se dice escuela, solo era una. Un edificio bajo y luminoso que, cada año, mi madre se ponía a reparar como si fuera su propia casa con dos hombres que mandaba el alcalde. Digo como si fuera su propia casa. Pero la verdad es que se afanaba mucho más.

Se subía al tejado con ellos, arreglaban las goteras, ayudaba a desmontar la estufa y a limpiarla. Iba a ver al herrero por si podía soldarle un picaporte roto. Reforzaba con celo las ventanas agrietadas. Pintaba por dentro. Cuando llegaba el momento, se colocaba un pañuelo en la cabeza y se ponía a encalar la pared exterior.

Yo la veía feliz, radiante y guapa. A la señorita Mercedes, digo. Porque a mi madre todavía había días en que la estaba buscando.

—Hay chicos que casi ni tienen lo básico para comer. Por lo menos que estén calientes —le decía muy despacio en la cocina a la Emérita, que le miraba los labios y asentía—. Si el ministerio no arregla la calefacción, tendrá que hacerlo el ayuntamiento. Y si ayudo yo, el ayuntamiento tarda menos.

De todos modos, lo importante era lo de dentro, como decía la Emérita cuando yo me comía la masa de las empanadillas, pero dejaba el relleno.

—Déjate de melindres. Y cómetelas enteras. Que lo importante es lo de dentro.

Dentro había un encerado verde y enorme, una virgen de escayola en un rincón, pupitres de pino agrupados por cursos, una mesa enorme con su cajonera para la maestra y un cenicero sucio encima, dos papeleras de plástico, un paragüero azul, tres percheros y, en el medio de todo, aquella estufa que parecía la caldera de una locomotora.

También había dos cuadros: uno con una foto de un señor con bigote llamado Franco y otro con una imagen del rey, que llevaba una banda cruzándole el pecho.

Mi madre descolgaba de vez en cuando la fotografía del hombre del bigote y dejaba al otro. Pero don Eladio, que también tenía llaves de la escuela, dejaba pasar unas semanas, aprovechaba un descuido y, zas, volvía a dejar al señor del bigote donde estaba.

—Tengamos la fiesta en paz, señorita Mercedes.

—Precisamente por eso, don Eladio.

Luego se saludaban sonriendo y se daban los buenos días.

A pesar de aquello, mamá siempre hablaba bien de él. Y no solo porque hubiese llevado a Vero al hospital cuando se quemó, sino porque don Eladio ayudaba a los que menos tenían del pueblo, contaba mamá, y siempre decía levantando un dedito que la instrucción pública era el surco de una nación y que nosotros, los alumnos de la escuela, éramos la simiente.

Mi madre (en esos ratos era mi madre) se reía cuando le imitaba. Levantando el dedito también. Y luego añadía que era un buen hombre. Aunque al día siguiente volviera a colgarle en la alcayata al señor del bigote.

No había nada como el primer día de clase. Ese momento en que la señorita Mercedes sacaba las cajas, las iba poniendo en cada mesa por cursos (primero, segundo, tercero) y luego nos decía que las abriéramos como si fuera un regalo.

Y las abrías y allí estaban las fichas escolares. Y probabas lo afilada que era la punta de tu lapicero pinchándote en el dorso de la mano. Y te llevabas a la nariz la goma de borrar. Y comprobabas que las argollas metálicas del archivador cerraban bien, clac, clac, varias veces, como si fueran los dientes de un cocodrilo. Y olías también el cuaderno de cuadros.

Cuando la señorita daba el pistoletazo de salida y decía que pusiésemos arriba nuestro nombre, apellidos y el curso en el que estábamos, esa vez, digo, al menos esa única vez, repito, tú te esmerabas como nunca en que el nombre te quedara bien bonito y en varios colores y sin tachar y sin salirte.

Allí estábamos revueltos y sentados por edades, Sarita, Gregorio, Vicente Jesús, Eladito, Sufragio, Isa, Vero, el Pirracas, la Encarni, Mario, Eugenio Tododieces, Tomás y otros mayores con los que trataba menos.

En cualquier caso, con el pasar de los días, lo que yo quería era ponerme un poco malo. Y digo un poco porque tampoco era plan de que me doliese el cuerpo entero. Con un poco malo me refiero a treinta y ocho de fiebre y algo de tos, pero no mucho. Lo suficiente para poder quedarme acurrucado cuando mis hermanas se iban.

Era irse ellas por la puerta con mi madre y venía la Emérita a arreglarme el embozo. Me preguntaba si quería algo, me decía que tenía que sudar mucho, me apagaba la luz, dejaba la puerta abierta y, luego, cuando ya me había cansado de sudar y no había peligro de tener que ir a la escuela, la llamaba encendiendo y apagando la luz, como si supiéramos morse, y ella venía al instante.

No había pasado ni una hora y entonces solía pedirle que me trajera los tebeos y cuentos que había visto mil veces. Yo leía las historias de Sandokán, Daredevil, Carpanta o las de aquella chica pelirroja con trenzas. Pero también veía a mi padre, que era el que me los traía de Madrid.

A saber lo que veía la Emérita, que se sentaba muy cerca. A hacer ganchillo o a mirarme.

* * *

> Esta es la historia de una niña absolutamente extraordinaria. Así lo creen, por lo menos, todos cuantos la conocen. Su nombre es Pippilota Vuctualia Rollgardina Pfefferminz Lessing Langstrumpf o, para abreviar, Pippi Calzaslargas.
>
> Vive completamente sola; bueno, no tan sola, puesto que está con ella Mr. Nilson, un gracioso monito, y Pequeño Tío, un hermoso caballo.
>
> Su madre murió cuando Pippi era aún muy pequeña y su padre —que es capitán de barco— desapareció en el transcurso de una tormenta. Sin embargo, ella sabe cuidarse solita.

Los tres párrafos los había leído decenas de veces. Había partes que me sabía de memoria. Fotografías de la serie de televisión que aparecían en el libro y me tenían fascinado. El ejemplar tenía tres manchas en la cubierta verde. Yo había escrito mi nombre y apellidos para dejar claro de quién era.

Doblaba la almohada a mi espalda, me incorporaba hasta sentarme en la cama, me subía el embozo hasta el pecho, cogía los cuentos, los apilaba por orden de preferencia. Estaba *Furia*. Estaba *Daktari*. Estaba *Jefe indio*. Estaba *Maravillas del mundo antiguo*. Estaban las *Aventuras de Negrito Revés*.

El de Pippi siempre era el que colocaba primero.

Si la fiebre no era muy alta, me podía tirar horas allí dentro.

Porque, si alguna vez quise ser chica, era por ser como ella.

Sola, sin padres, con un mono y un caballo. Vistiendo como le daba la gana. Subiéndose a los tejados. Sin ir a la escuela. Jugando en el barro. Definitivamente, niñas así solo podía haberlas en el extranjero y no en un pueblo.

—A ver, que te vea si te ha subido.

Y la Eme primero me ponía los labios en la frente. Y luego agitaba el termómetro. Y luego me lo colocaba en la axila y yo lo notaba helado.

—Treinta y ocho justos —decía al cabo de unos minutos.

Vuelta a arroparme.

Vuelta a ponerme los labios en la frente.

Vuelta a preguntarme que si quería agua o el orinal.

Al final siempre volvía a ella.

> —Mi padre está en un país lejano y es el rey de los caníbales —dijo Pippi—. Un día vendrá para llevarme con él. ¡Yo seré princesa y lo voy a pasar bomba!
>
> —¿Y quién te manda a la cama? —inquirió Anikka.
>
> —Pues nadie. Yo misma me acuesto cuando me da la gana. Esto es lo que tiene de bueno vivir sola: nadie te manda nunca nada.

* * *

Un día el Pirracas dijo en voz alta que Miguel Ángel había hecho la cópula de San Pedro. La mayoría empezó a reírse. Hasta la señorita Mercedes lo hizo. Y yo también. Solo que yo lo hacía para no parecer tonto, pero no porque lo hubiera pillado.

—Miguel Ángel, dice, qué bruto —me reía con el resto.

Pensaba que la cópula la habría hecho otro y no Miguel Ángel. Algo que, al fin y al cabo, no me parecía a mí que diera tanta risa. Pero no era eso. Gregorio me lo explicó en el depósito.

Porque, si vivías en un pueblo, a esa edad se aprendía más fuera de la escuela que dentro.

Estaba en la calle y le vi venir. Papá regresó un viernes por la noche como hacía antes. El Simca 1200 lo había pintado de marrón y él se había teñido las canas un poco. El jersey de cuello vuelto le hacía más delgado. A mí me trajo por lo menos seis tebeos nuevecitos y a mis hermanas, recortables y dos muñecas: Isa le cortó el pelo a una. A mi madre le regaló una maceta con unas flores, le dijo algo bajito al oído y después le arreó un beso de esos de cine. Cómo sería que los dos se quitaron el cigarro de la boca para dárselo.

Aquellas escenas vinieron para quedarse.

Durante la cena, mi padre se servía vino, le echaba al Fliqui comida por debajo de la mesa, como hacía antes, y nos hablaba a los cinco bajo la mirada embobada de mamá.

—A ver. ¿Qué me cuenta a mí este chico pequeño?

Y yo le hablaba un poco de Gregorio y de Vicente Jesús, de cómo me había hecho la última costra de la rodilla, de la nueva camada de gatos del vecino y de que si nos podíamos quedar uno. O le contaba el día en que la Emérita se quedó sin dos cachos de dedo.

—Enséñale la mano, Eme, anda.

—Se dice señora Emérita, hijo, cuántas veces te lo tiene que decir tu madre.

Y ella se lo enseñaba.

Y después de que mis hermanas hubieran contado también su parte, empezábamos los tres con el interrogatorio, pisándonos las preguntas como si estuviéramos en un concurso. Solo interrumpidos por esa palabra que iba diciendo la Emérita de cuando en cuando: «Comed».

—Papá, ¿has estado en todos esos sitios de las postales?

—En todos, hijo.

—¿Cómo es el acueducto de Segovia de grande?

—Más que de aquí a la iglesia, Isa. —Estiraba los brazos y abría mucho los ojos—. Lo hicieron los romanos cuando Jesucristo. Para llevar el agua.

—¿Tienes alguna cinta nueva de Daniel y Leti?

—Sí que tengo, hijo. Mañana te la pongo. Y de Víctor Jara. Cada vez que la escuchaba, me acordaba de vosotros.

—¿Has escuchado la de *Algo de mí*, de Camilo Sesto? Mamá, cántasela.

Y mamá se hacía de rogar para tararearla como le había pedido Vero. Y la Emérita seguía diciendo: «Comed». Y el Fliqui era el único que lo hacía. Y papá entonces cantaba «a desalambrar, a desalambrar», dando golpecitos en la mesa con el puño y nosotros también, mientras mamá iba recogiendo los huesos de pollo en un plato con cara de felicidad.

—¿En el ultramarinos de Madrid tienen peces abisales?

—Pues, hombre, peces abisales no sé. Pero hay uno que tiene gamusinos de ultramar.

—Mentira... Aquí no tienen peces abisales. Lo que más tienen del mar es arenque. ¿A que sí, Eme?

—Se dice señora Emérita —intervenía mamá—, cómo te lo tengo que decir...

—¿Podemos ir al casino mañana a tomar una Mirinda?

—Bueeeeno, hija.

—¿Nos invitas en Vicentico luego?

—Vaaaale.

—¿Me puedes venir luego a rezar las esquinitas?

—Pues claro. Las esquinitas y lo que haga falta, chaval.

—¿Te ha dicho algo el tío Jorge de que se va a acabar el mundo este año?

—Uy, no, hijo —se reía mirando a mamá—. Este año el mundo empieza. Qué se va a acabar.

Fue la vuelta a la normalidad.

Sin saber cómo ni por qué. Lo mismo que no pregunté antes, tampoco lo hice ahora. Como si esa ausencia del medio no hubiera existido jamás y el mero hecho de nombrarla era convocarla, volver a meter en casa una cosa fea y viscosa.

El miedo que a mí me entró de repente fue que ahora ya no nos hiciera falta ella. Porque ella tenía el pelo corto como mi padre, y las manos igual de duras, y conmigo hecho ya un hombre (como me decían) íbamos a ser tres hombres en casa y eso era demasiado, soltaba siempre el abuelo cuando discutía con papá.

Fue lo primero que le pregunté a la mañana siguiente.

—¿Se va a ir la Emérita?

—¿Y por qué se iba a ir?

—Porque has venido tú.

—¿Y qué tiene que ver una cosa con la otra?

—No sé. Es que como ella vino cuando no estabas tú...

Él podía decir lo que quisiera, pero yo solo me fui tranquilizando cuando vi que mi padre y la Emérita hacían una pareja estupenda. A mí me recordaban un poco a un dúo de cómicos en el que uno hace de listo y el otro hace de menos listo, pero siempre riendo y haciendo reír.

Papá traía una liebre llena de perdigones y Eme la desollaba y la arreglaba para hacerla con arroz. Papá venía con una docena de pajaritos y Eme los desplumaba y los apañaba para hacerlos fritos. Papá cortaba la leña y Eme se ponía a guardarla. Papá le traía una maceta a mamá y Eme la pintaba de varios colores. Él le enseñó a jugar al dominó y ella le enseñó a distinguir las setas buenas de las malas. Le decía mi suegra. O suegrita. O señora a secas. Ella le contestaba que no era tan mayor. A veces, para hacernos reír, papá hacía como que nos gritaba sin articular ni un sonido. Moviendo mucho los labios y los brazos para que ella lo viera. Solo para ver la cara tan rara que ponía la Eme, que ya se sabía la broma y decía que no con la cabeza.

—Este hombre, la de tontunas que tiene —se reía—. Que parece más chico que el chico. Sorda sí, Natalio, pero tonta no soy.

El domingo papá no se fue. Ni el lunes. Ni el martes. Ni en las siguientes semanas. No era raro verlo haciendo fotos con su cámara. O de caza. O en el casino. Y entonces a mí ya sí me cuadraba eso de que fuera jefe-jefe. Porque si no hubiese sido jefe-jefe, se habría tenido que ir a fichar el lunes en la Chrysler como todos. Es otra cosa de las que aprendí entonces: en la ciudad se fichaba y en los pueblos no.

Entendí que todo había vuelto a la normalidad el sábado en que fui a la cama de mis padres, me metí entre sus sábanas y comprobé que mi padre estaba desnudo.

Le pregunté por ella. Mamá se levantó sonriendo y nos dejó a solas diciendo no sé qué de los machos de la casa.

—La tienes igual, papá.

—¿Y qué te pensabas, que se había vuelto verde?

—Es que yo creo que a mí me ha crecido. Mira.

Mi padre hacía como que no veía las bragas y luego jugábamos a peleas.

Amanecer desnudo en una cama como lo hacíamos los dos el sábado, con esos puntitos de sol que entraban por las cortinas, debe de ser como que te dé a luz el hijo.

* * *

Lo mejor de que estuviera mi padre era que, por fin, alguien me tiraba tiros como Dios manda.

Como Dios manda significaba que no era a trallón. Ni de puntera. Ni a freír espárragos. Ni muy rasa. Ni por encima del larguero que no existía, pero que imaginábamos. Sino justo perfecto, a media altura, ni muy fuerte ni muy flojo, justo ahí, bombeadita, para que yo me hiciera palomitas como Miguel Reina.

Como Dios manda solo me las tiraba mi padre.

La Emérita le ponía el como Dios manda a todo y yo se lo copié. La primera vez que se lo dije a mi padre, que era comunista y escuchaba a Daniel y Leti, casi se muere de la risa.

—Papá, tíramelas como Dios manda.

—¿Y cómo manda, hijo?

—Por aquí —señalaba con la mano a un metro de mí—. Colocada.

Si la señora Emérita decía que había que limpiarse como Dios manda, se refería a que también tenías que frotarte detrás de las orejas.

Si decía que había que comer como Dios manda, significaba que no te podías levantar sin una fruta en el cuerpo.

Si me pedía que fuese un mozo como Dios manda, lo que quería era que me aprendiera los ríos y la tabla del ocho, y que no fuera más lejos de los almendros.

Si hablaba de obedecer como Dios manda, era que le hiciera caso a mi madre. Aunque yo creo que, más que Dios o que mi madre, mandaba la Eme.

Fueron las semanas en que me olvidé un poco del mundo y de sus mapas sin explorar, o sea de Gregorio y de Vicente Jesús. Lo hice para estar más con mi padre, que por muy padre que fuera, en aquella familia, era el tercero en la cadena de mando.

—¿No sales?

—Es que está mi padre.

—Anda, mira este. Nos ha *amolao*. También está el mío y yo salgo.

A veces íbamos los dos a tirar unos tiros y se venían todos. Yo llevaba el balón, la Eme llevaba la merienda, mi padre se llevaba al Fliqui, mi madre se llevaba a mis hermanas y mis hermanas se llevaban la goma.

Llegábamos al sitio, colocábamos dos piedras y le decía a la señora Emérita que se pusiera un rato de portera. Ella se sonreía y caminaba hasta el lugar indicado. Por más que le tiraba rasa, despacio y al centro, no paraba una. Nada. Al quinto gol encajado, se iba con mi madre y mis hermanas. Como no oía, mi padre decía que se pusiera mejor de poste. Y a mí me entraba una risa floja con solo imaginármela allí muy tiesa y muy quieta y ella se daba cuenta.

—A saber lo que te anda enseñando tu padre. Que tonta no soy, Natalio.

Después, hasta que se iba el sol de la tarde, mi padre me tiraba tiros como Dios manda.

* * *

[Veníamos de la España que bendecía la mesa, íbamos a la que vestía a los niños de marinero o de militar en la primera comunión.

En la mía me pusieron unos pantalones cortos y una camisa blanca sin más. Porque mi padre y primera comunión, bueno. Pero ir vestido de marinero o de militar, eso sí que no.

Iba tan poco vestido de primera comunión, tan poco reconocible, que, cuando entraron los muñecos cantando en el salón de la capital donde había cuatro celebraciones a la vez, a mí no vinieron a tocarme la guitarra, ni me dieron la caja sorpresa, ni se hicieron fotos conmigo. Pasaron de largo.

Yo me alegré porque me imaginaba a Pippi allí haciendo su primera comunión y no la veía vestida de blanco como a mis hermanas, ni poniendo cara de blanda y con las dos manos juntas en las fotos, sino en pantalones cortos y con una camisa blanca sin más, para joderle la marrana al cura.

—¿Y este chico va así vestido hoy? —sonrió aquel hombre de negro.

—Hombre, padre, si quiere le pongo un traje regional —le devolvió mi madre la sonrisa—. Va así vestido.

—Lo importante es cómo vaya vestido por dentro, ¿verdad?

—Efectivamente.

Mi padre tuvo que levantarse el día de la primera comunión e ir a protestar. Porque nosotros también habíamos pagado y estaba todo incluido. Así que los muñecos vinieron finalmente, se quitaron la parte de arriba del disfraz para hablar con papá y con mamá, pidieron disculpas algo azorados y tuvimos foto y caja sorpresa.

Nunca fui al extranjero con mis padres.

Tirar comida era un pecado.

Señalar en la iglesia estaba feo.

El pan tenía que ponerse boca arriba en la mesa.

Veníamos de las sombras chinescas. Íbamos hacia una televisión a color.

Y de ahí, al infinito].

***

El día que me enteré de que papá le había sido infiel a mamá, había pasado tiempo suficiente y yo ya era lo bastante mayor como para desearle tres vueltas de campana en el Simca o un disparo en la oreja estando de caza.

No fue que mamá me lo contara. Ni papá. Ni por supuesto la Eme. Ni nadie del pueblo. Fue porque a mí me empezaba a salir la pelusilla y la pelusilla, decía el Pirracas, funciona como una antena con la que lo vas pillando todo al vuelo.

Aquella noche, ellos dos salieron al porche a sentarse en las mecedoras para fumar y dejaron la puerta entreabierta. Mis hermanas habían ido a jugar al escondite a la era y yo me quedé pegado al sillón de escay viendo un concurso. Cuando acabó después de media hora, apagué el televisor. Entonces pude escucharles con claridad.

Papá tenía puesto de fondo el transistor para seguir la jornada de fútbol y comprobar la quiniela. Mamá le estaba diciendo algo de las playas de Granada y de la tía. Reían descalzos. Papá le soltó que con esas gafas parecía una azafata de la tele y mamá le hizo cosquillas con una pajita en la oreja. Escuché un beso. Escuché un gol del Salamanca. Escuché un mechero metálico encendiéndose. Escuché un bisbiseo y de nuevo otro beso. Desde que papá había vuelto, casi siempre estaban de buenas.

Yo estaba justo detrás de las cortinillas de tela de saco que había bordado la Eme. Iba a darles un susto en ese momento. Pero el susto me lo llevé yo.

Cuando en la radio se escuchó un anuncio de un restaurante asturiano llamado La Hoja que estaba en Madrid, mi padre apagó rápidamente el transistor con un clic fulminante, como si le acabasen de fastidiar los catorce.

La risas de Vero y de Isa se oían a lo lejos.

De la cocina solo venía el ruido que hacía la Eme lavando a mano la ropa.

Mamá rompió aquel silencio.

—Mira... La Hoja... El restaurante de tu amiga.

A continuación se puso de pie estirándose la falda, como cuando alguien se dispone a irse. Papá le cogió la mano sin levantarse de su tumbona. Susurró con fastidio: «Mujer, siéntate, déjalo ya». Mamá se llevó las manos a los ojos. Suspiró. Al cabo de unos minutos, volvió a sentarse. Permanecieron callados otro tanto. Luego papá le pasó el brazo por detrás y la besó. Fue un beso largo, como con ventosa, de sonidos líquidos. Al poco bajó una mano y se la puso a mamá en la rodilla.

—Yo solo te quiero a ti. Ya te dije que se acabó la amiga.

—Calla. Liante.

Los dos estaban sentados de espaldas a mí. Mi padre estaba medio girado sobre el cuerpo de mi madre y movía la mano derecha sin dejar de besarla. Mamá gimió un poco. Respiraba fuerte. Como cuando Isa se dormía la primera. Entonces me giré y me fui a la cama.

Al principio no entendí nada. Porque yo creía que tener amigas era bueno y mamá siempre les decía a Vero y a Isa que se tenían que echar amigas. Muchas amigas. Cuantas más amigas, mejor.

Así que aquella noche les pregunté a mis hermanas.

—Oye, Vero. Vosotras tenéis muchas amigas, ¿verdad?

—Unas cuantas.

—¿Y eso es bueno, verdad?

—Anda este, pues claro.

—Y a mamá le gusta que tengáis amigas, ¿verdad? Ella siempre lo dice.

—Siempre. Se pone un poco pesada, la pobre.

—¿Es malo que un chico tenga amigas?

—Pues no. Cómo va a serlo. Otra cosa es que seas un bruto con ella.

—¿Y es malo que papá haya tenido una amiga?

Se callaron tanto rato las dos y hubo tal silencio que pensé que el que me había vuelto sordo era yo. Volví a repetir la pregunta.

—Decidme, jo. ¿Es malo que papá haya tenido una amiga?

Vero me preguntó que cómo me había enterado, me avisó de que no se me ocurriera soltar nada de eso por ahí, me dijo que si lo hacía era un judío, me explicó muy enfadada que todo el mundo podía cometer un error. Para terminar cerrando el tema con varias frases cortas. De esa manera en que ella imitaba a los mayores cuando se ponía mandona.

—Además, eso fue ya hace mucho. Ya no tiene amigas. Eh. Y papá ya no se va a ir nunca. A dormir. He dicho.

Vero se giró en la cama hacia el lado de la pared.

Isa se encogió de hombros.

A ver si el blando era yo, después de todo. O como poco el tonto de la casa.

—Papá no tiene amigas. Ya-no-tiene.

Me acordé de cuando mi padre olía a perfume dulce.

Sentí algo de sudor y de pena. Me dieron ganas de ir a abrazar a mi madre aunque ya fuera la una de la noche. Quería estar muy muy enfadado, pero no me salía nada más que un poquito de enfado. Aunque, bien pensado, a mi padre solo podía darle las gracias: si no llega a ser porque tuvo una amiga, quién sabe, a lo peor no habría conocido nunca a la Emérita.

Iba a decirle algo a Isa, que se había metido conmigo en la cama solo que al revés: poniendo los pies en la almohada.

Pero Isa ya respiraba fuerte.

* * *

Más que ser el hijo de la maestra, que mi madre fumara, que fuese una hortelana en vaqueros, que viniéramos de otro pueblo o que una mujer sorda cuidara de mí, ahora pienso que lo que me hacía más diferente al resto de aquellos chicos no era que mi padre hubiese tenido una amiga que ya no tenía. Sino que jugara conmigo y los suyos casi nunca.

No solo eran el fútbol, las cartas o el parchís, también era echar una quiniela juntos utilizando un dado y un cubilete. O jugar a las tabas, que era ese juego estúpido con huesos de cordero que nos enseñó la Emérita y que yo hacía como que me gustaba.

La primera vez que jugamos a las tabas fue después de aquella Navidad que pasamos juntos: la señora Emérita les pidió a varias mujeres que le guardasen el astrágalo (lo busqué en el diccionario) de las patas traseras del cordero y pintó aquellos cinco huesos de amarillo verdoso. Me los regaló como si fueran diamantes. Yo no me atreví a decirle que parecían huesos de oveja.

Aquella fue la primera vez que jugamos a las tabas, decía. Y también fue la primera vez que fui al circo.

Y la última. Porque, después de lo que sucedió, jamás quise regresar.

En el cartel que pegaron en la puerta del casino y en la del ayuntamiento estaba escrito en letras doradas: «CIRCUS. Gran Circo Mundial de los hermanos Moretti». Debajo ponía: «El mejor espectáculo internacional. Con sus fieras, sus cinco payasos, los indios lanzadores de cuchillos, los trapecistas suicidas y diez atracciones más». Todo estaba decorado con imágenes de elefantes encabritados y leones con las fauces abiertas. Hora del evento: las ocho. Lugar de la atracción: la nave de don Eladio.

La primera pregunta que me hice fue qué pintaba un mejor espectáculo internacional (de lo que fuera) en un pueblo donde lo más exótico que tenía el ultramarinos del señor Luis era bacalao de Noruega y donde metíamos a los mongólicos en cuevas.

La segunda pregunta que me hice fue dónde iban a meter los hermanos Moretti, no digo ya los animales, sino las diez atracciones y los indios lanzadores de cuchillos. Porque la nave de don Eladio daba para tres tractores con sus remolques, pero para un circo mundial yo creía que no.

La tercera pregunta que me hice tenía que ver con lo que estaba escrito en el cartel en rotulador: menuda birria de circo sería si cobraban la voluntad.

Pero fuimos.

Fuimos los seis como el que viaja al extranjero a ver lo nunca visto: escupe-fuegos, tragasables, mujeres barbudas, qué sé yo. Lo hicimos caminando a pesar de la nieve. La Emérita iba arreglada como si fuese a misa. Mi padre llevaba cogida a mi madre por el hombro sin quitarse el cigarro de la boca y yo jugaba a fumar con una rama de sarmiento entre los dedos.

A medida que nos acercábamos, podía escuchar cada vez más alto aquella música alegre que me recordaba al tiovivo. Al llegar, el reflejo de la luz exterior nos puso las caras del color del que mira a la lumbre. Debió de verme muy contento, porque Eme me dio más fuerte la mano. Como si sintiera la música de dentro. O como si su música fuera yo.

Un payaso que extendía un sombrero nos abrió una lona colgada a la entrada de la nave. Y de repente, allí dentro, en un pueblo al que se llegaba por una carretera llena de baches, el Gran Circo Mundial de los hermanos Moretti.

La mitad de la nave estaba ocupada por un escenario donde se adivinaba una parte trasera. Éramos tantos que no hacía frío. Olía a excremento de mula, a caramelo quemado, a colonia y a gasolina. Pensé que todo eso mezclado debía de ser el olor del circo. Yo, que nunca había estado en uno.

Mis padres se sentaron atrás con mis hermanas, en el único hueco libre de cuatro sillas que quedaba. La señora Emérita se sentó conmigo en un extremo del escenario, pero en primera fila.

Nunca hasta esa noche me había imaginado a la Emérita en un baile. Eso que me contaba ella de que esperaba sentada junto a las otras hasta que las iban sacando a bailar, eligiéndolas un poco como se escoge al ganado. Lo de que las mozas se ponían la mejor ropa que tenían y se sentaban en una silla con las rodillas muy juntas y un bolsito encima, hasta que un mozo les pedía una pieza. Eso de que había algunas a las que nadie sacaba a bailar, ni en una canción ni en la otra, ni en una tarde ni en la siguiente. Pero que a ella sí. Porque era guapa y estaba muy bien proporcionada y en aquellos años movía los pies en cuanto sonaba la música.

Entonces, allí sentados los dos, con una sonrisa como de niña, sí que me la imaginé esperando a ser sacada a bailar por el Ramón o por quien fuera. El pueblo celebrando. Las risas. Las luces. Y la Eme agarrada a un mozo, con la cabeza apoyada en su hombro, escuchando cosas al oído. Mucho antes de que los hermanos Moretti crearan el Gran Circo Mundial y el Pirracas le jodiese la mano.

Vimos desaparecer pañuelos, adivinar cartas, sacar una paloma de un sombrero vacío, agitar ocho platos chinos a la vez, escupir fuego, vimos a tres gitanos disfrazados con turbantes lanzando cuchillos en una tabla donde habían atado a otro gitano con cadenas, a dos perros saltando por unos aros de colores, sacar una cuerda entera de un oído, vimos a dos trapecistas haciendo equilibrios desde lo más alto de la nave de don Eladio, a seis metros del suelo.

Pero hasta un niño pequeño como yo se dio cuenta de que se les cayó un plato chino, de que el payaso que te pedía la voluntad a la entrada también hacía de trapecista y de indio lanza-cuchillos, de que la mujer de las lentejuelas era la esposa del mago y la madre del resto, y también nos dimos cuenta de que lo de la cuerda que salía del oído —le hice señas a la Emérita— tenía truco. Ni rastro de las fieras.

Yo giraba de vez en cuando la cabeza para ver a mis padres, que se mostraban contentos y me saludaban con la mano como si hiciera mucho tiempo que no me veían y no solo quince minutos.

—¡¡Y a continuasión, querrrrriiiiiido público, el grannn momento esperrrrrado por niiiiños y niññaaaas!! ¡¡Los payasos internasionaleeeees Raqui, Requi, Riqui, Roqui y Rrrrrruqui!! ¡¡Un aplauso muy fuerrrrrte para ellooooooossssss!!

El pueblo entero los recibió con un estruendo y los niños nos pusimos en pie aplaudiendo hasta hacernos daño en las palmas. Era un sonido sin memoria ni malos pensamientos, un sonido explosión, como la primera vez que debió de aplaudirse en el mundo.

En ese mismo instante, yo habría pagado los dos duros que invertía en la Sarita para que la Eme escuchara aquel ruido a mi lado. Aunque después, al meterme en la cama aquella noche, terminara pensando que habría pagado cuatro para que nos hubiésemos ido justo en ese mismo instante y no después.

Los payasos se cayeron mil veces, se tiraron varias tartas, echaron agua por una flor que llevaban en la solapa, hicieron un número en el que a uno le escondían el sombrero y ni con la ayuda de los niños lo encontraba.

La Emérita me miraba y reía. Tenía un bolsito encima de las piernas. Y las rodillas muy juntas.

—¡¡Y ahorrrrra, querrrrido público, Raqui, Requi, Riqui, Roqui y Rrrrrruqui piden la colaborasión del públicoooo!!

Requi me miró y me tendió la mano, pero le dije que no. Creo que era Requi porque llevaba la E en la chaqueta. Insistió una segunda vez y agaché la cabeza. Cogieron a dos niños que estaban más atrás. Y eso a pesar de que la Emérita me animaba a salir a bailar dándome con el codo. Pero yo, desde lo mío con la lencería de ganchillo, tenía un exagerado sentido del ridículo.

—¡¡A continuasión los payassssooosss nesesitan la ayuda de un mayorrrrr que serrrá selesionado al asarrrrr!!

Ruqui dio una risotada, hizo una pirueta, mojó con el agua al padre de Gregorio, cogió una pelota, se colocó de espaldas al público y, después de gritar uno, dos y tres, la lanzó hacia atrás.

Cuando cayó en manos de la Emérita, ella se puso muy contenta, como si nos hubiese tocado algo a los seis y, al final, iba a merecer la pena que fuera tan arreglada. Un pequeño foco amarillo la iluminó. Sin mover el culo del asiento, levantó la pelota y se giró un poco para mirar a mis padres, como diciendo la tengo yo. La gente del pueblo estalló en risas.

Pero eran unas risas expectantes. Como si todos nos fuésemos a reír más. En ese momento me alegré de que Eme fuera sorda.

Miré hacia atrás. Mi madre se encogió de hombros. Papá estaba tranquilo. Las blandas aplaudían mirando al escenario. Cuando me giré, ya estaba arriba.

Subieron la música.

Y sacaron tres sillas.

No presté demasiada atención a la mecánica del espectáculo que iba a empezar, porque yo tenía la misma sensación que cuando vas cuesta abajo en una bici sin frenos. Miraba atrás. Volvía la mirada al frente. Y cogí el bolso de la señora Emérita y me lo puse encima apretando mucho las asas y creo que hasta juntando las rodillas.

Solo recuerdo a la Eme sentada con los ojos vendados junto a los dos niños voluntarios y a Raqui, Requi, Riqui, Roqui y Ruqui girando en círculo en torno a los tres, haciendo ruido.

Cuando tocaban la pandereta al pasar tras los dos niños, estos daban un saltito en su silla. Cuando lo hacían detrás de la Eme, esta ni se movía.

A la gente eso le hacía muchísima gracia.

Y como a la gente le hacía muchísima gracia, los payasos empezaron a cebarse con ella.

Primero con unos platillos, después con una bocina, más tarde con una yenka y, finalmente, con una cacerola que golpeaban con un cucharón.

Ella no se inmutaba.

Creo que fue la primera vez que vi llorar de risa a la gente.

Debieron de ser no más de cinco minutos.

Entonces apareció mi padre a mi espalda avanzando muy serio entre las sillas, se acercó a un extremo del escenario, le hizo un gesto al mago que había hecho de indio lanza-cuchillos y de trapecista y que ahora estaba de presentador de payasos. Le dijo algo levantando un dedo, como cuando imitábamos a don Eladio con lo de la simiente y el surco. El presentador interrumpió el espectáculo de los payasos pidiendo un fuerrrrrrte aplauso y mi padre se quedó al pie de la tarima para ayudarla a bajar.

Creo que la señora Emérita solo entendió lo ocurrido cuando le desanudaron el pañuelo negro de los ojos y miró hacia la gente. La sonrisa se le descolgó de la boca en dos segundos y frunció un poco el ceño al verlos reír de aquel modo.

Al quitar ese pañuelo, nos lo quitaron un poco a todos. A mi madre, a mi padre, a mis hermanas, a mí.

Eme se sentó y me cogió el bolso. Se lo puso sobre las rodillas. Luego hubo otro número de magia. No volvió a aplaudir.

De vuelta a casa seguía nevando. Alguien nos dijo algo riéndose desde lejos. Papá preguntó qué habrá hecho el Aleti. Por la noche, la Eme y yo jugamos al parchís en silencio. No me conté ni una de más.

Pensé que había aprendido algo importante. Y que tenía que ver con la mirada del otro. Y con los que oyen, pero no ven. Y con mi padre. Y con los trapecistas que dicen que son suicidas, pero luego es mentira.

Más o menos por esas fechas dejé de cagarme encima.

(Ella y él)

Escribo y lo guardo.

La de vergüenza que me daría que lo leyeras.

La de rato que me tiro antes de escribir buscando en el diccionario, pensando las haches y las bes, las elles y las ges. Colocando las palabras aquí como si fueran los cubiertos. Lo mismo que me enseñaste. Mismamente.

Y te pienso.

Y me dueles.

Me gusta mirarte cuando no te das cuenta, hijo. Cuando llueve fuera y tú estás ahí como embobado mirando a la tele esa que no sé qué te da ni qué dice. Todo en su sitio y como Dios manda, comiéndote el pan con chocolate que te he puesto.

Me gusta que haya luz y que no sea de noche. Que haga mucho frío en la calle porque así estás en casa y no vete a saber dónde, haciendo los deberes tapadico con las faldas de la mesa camilla, con el jersey puesto a secar cerca de la estufa. O ayudándome a asar castañas y luego comerlas soplando los dedos. O haciéndole otro cenicero de arcilla a tu padre, me dices: ya llevas seis. O extendiendo el pegamento en la cartulina que te ha mandado decorar la señorita.

Esos olores, hijo.

Esos olores que yo nunca había olido.

Los tuyos. Mismamente.

Te miro así de este modo cuando no me miras y no está la señorita Mercedes. Cuando estamos solos y a mí me da por levantar la cabeza de la labor y embobarme: igual que tú con la tele, yo contigo.

Los mismos dos lunares encima del labio. Tus piernas delgadas como alambres. Las rodillas sucias colgando de la silla sin tocar el suelo. El jersey de la cenefa azul que te hice. Me has crecido mucho en este tiempo: lo menos dedo y medio, que lo tengo yo señalado a lápiz en el marco de la puerta de tu habitación.

¿Quieres más chocolate con pan? ¿Un poco de agua? Espera, que me levanto.

Y eso que me huías al principio. Y eso que me quitabas la mano de tu pelo nada más ponértela encima, eh. Lo mismo que un perrillo. Porque a mí al principio me recordaste a los perrillos esos de la calle, no me digas que no. Se lo dije a tu madre y todo, hijo mío: «Este chico se me acerca como los perros asustaos». *Que era una manera muy bruta de decirle a tu madre que te iba a costar un poco, o que a lo mejor se había confundido conmigo, como le decía la gente. O yo qué sé qué.*

Pero luego fuiste entrando por el aro como las ovejas modorras. La señorita me decía que no te dejara tan larga la cuerda y yo le decía que eras un chico y que los chicos quietos se vuelven tontos de capirote. Así que te dejaba ir y correr y manncharte y pisar charcos y ponerte perdidito de barro y tirar piedras y robar uvas. Mientras os vigilaba de lejos o te esperaba en la cuesta, como me pedía ella, con los brazos en jarras.

Luego allí que iba la Emérita si no venías. La gente me veía buscándote y comentaba, ya sabes. «Y le da usted unos azotes», me decía la señorita. Pero yo no te los daba, qué te iba a dar.

Te buscaba en el parque, en el cementerio, en la era blanca, en el depósito, donde los almendros, más allá. Con el asma mía y los pies hinchados. No te daba los azotes y eso que, nada más encontrarte, te decía que bien que te los merecías. No te los daba y encima te estampaba un besazo en la cara, uno que a esas alturas ya no te limpiabas. No sabes lo importante que fue para mí esa vez que no te limpiaste, Currete.

Al principio no te gustaba que te vieran conmigo por el pueblo, hijo. No sé qué te dijeron de mí ni quién. Ni con qué intenciones. Ni cuándo. Una podía ser sorda, pero boba de garrafa, no. Yo lo notaba en que me quitabas la mano del hombro en la calle, en que te separabas tres pasos de mí delante de los amigos o en que solo te hacías el cariñoso con la puerta cerrada. Y eso si querías algo.

Los rumores.

Son como un resfriado, hijo. Empiezan por una tos de nada y pueden terminar en una pulmonía. Empiezan por una desgracia seguida de otra y terminan por el sambenito que te cuelgan en el pueblo. Que si das mal fario, que si cuidado con la sorda, que si andas detrás de los niños, que si te los comes con patatas.

Por eso estoy tan gorda, no te amuela.

Al tema, que me voy. Te decía antes que luego fuiste cambiando. Porque otra cosa no, pero paciente soy un rato. Puedo ser bruta como un arado. Pero paciente sí que soy. Que si no a ver cómo iba a aguantar yo lo de mi difunto Ramón durante diez años.

Para mí aquella mano tuya fue como cuando algo brota de la tierra. Lo mismo que un tallo verde que no te esperas en una maceta. Cuando me la diste por primera vez, cuando me la diste tú sin que yo te obligara, me puse muy contenta y también muy nerviosa. Fue de vuelta a casa después de que dejaras a tus dos amigos. Tu mano estaba calentica, hijo, como nido de gorrión.

Es un calor que todavía recuerdo. No hay nada como el calor de un hijo. Ese brasero tibio. Si algún día tienes uno, lo sabrás. Aunque lo sabrás mejor si lo pierdes.

Te costó hablarme. Y no solo porque yo fuera sorda y tú al principio me gritaras mucho, como pensando que así te iba a poder escuchar mejor. Sino porque tu mundo era otro mucho más chico y tú desconfiabas bastante de los mayores, a ver.

De eso me di cuenta la primera noche. A lo mejor no se lo tenía que haber dicho a la señorita Mercedes, pero cuando vi con qué rabia agujereabas con el lapicero aquella postal, cuando vi que tirabas la armónica contra la pared, me quedé de piedra y le fui con la pamplina. En qué hora. Cómo se puso ella. Cómo me miraste. Nunca más.

Tú me decías Eme si no había nadie delante y señora Emérita si estaba la señorita, hijo mío.

Ya ves qué tontuna la mía: me sigue saliendo la señorita en vez de tu madre, como si tu madre fuera yo. Como si esta men-

da te hubiese parido y ella fuese una maestra con dos hijas que hubiese contratado yo para mi casa.

La señorita te enseña mucho, pero ella siempre me dice que yo te enseño lo más importante. Otras cosas, claro. Porque yo no sé de números, qué voy a saber. Ni que el cabo de Machichaco está en Vizcaya. Ni la tabla del cuatro me sé. Ni lo que son las cotiledóneas.

De lo más bonito que recuerdo es cuando a la noche corregíais con la señorita. Ella, los exámenes; y tú y tus hermanas, los dictados que me poníais gesticulando y vocalizando mucho, para que entendiera. Que menudos dictados de largos. Y con qué palabras.

Cómo te reías de mí. Y cómo me reía yo al verte así. Y cómo aquella risa era poco a poco como un contagio, Currete. Un contagio bueno. Y la señorita miraba por encima de las gafas y nos descacharrábamos los cinco, que hasta dolor de tripa nos daba, porque tú gritabas que la señora Emérita había puesto haller con hache y con elle o vufanda con uve. Y yo ni sabía si eso era mucho salvajismo o poco. Pero me ponía muy contenta que yo te diese tanta alegría, hijo.

¿Ya has acabado? ¿Por qué no te comes una manzana, que es muy buena para la tripa? ¿Qué dice ese hombre de la televisión que sale con unos lobos, Currete?

Yo sé que entonces ya me querías mucho. Y que ya te daba igual lo que te dijeran de mí. Creo que habló contigo tu madre y eso te hizo bien.

A partir de ahí, siempre eras tú el que buscaba mi mano, como si te fuera necesaria para encontrar tu casa. Me decías que, si os terminabais yendo a la ciudad, tú me llevarías, y que papá me compraría un aparato para que oyera, y que me enseñarías a jugar a las chapas y me llevarías a los toros, y que yo —ya ves qué ocurrencias— viviría contigo hasta después de casado y todo.

La señorita siempre decía que yo te hacía mucha falta, pero no te puedes ni tan siquiera imaginar la que me hacías tú.

La que me hiciste antes.

También después.

Me gusta escribirlo, así como lo escribo ahora. Como si todo estuviera sucediendo ahora mismito. Cierro los ojos muchas veces antes de ponerme a dormir. Y ahí estás.

Me gusta mirarte cuando no te das cuenta, hijo. Cuando llueve contra la ventana y tú estás ahí mirando el televisor. Comiéndote con ganas lo que te acabo de poner, como si tu hambre y la mía vinieran de lejos.

* * *

¿Quieres más? ¿Tienes muchos deberes, hijo? ¿Te apetece que juguemos después? ¿Otro dictado corregido? ¿Por qué me has tachado la palabra hemigración? ¿Es que no se escribe así hemigración? ¿Y modernidaz? ¿Qué ha hecho mal la Eme con la modernidaz, Currete, que le has dao de navajazos a la palabra?

Vale, venga, tira.

Me gusta verte así. Yendo muy contento a por el parchís y poniéndomelo delante con esa sonrisa del que va a abrir un regalo.

Fíjate tú que jugar cuatro es más divertido que jugar solo dos. Que las blandas nunca se enfadan cuando les comes una ficha, como te pasa a ti. Ni revuelven el tablero cuando pierden. Pero prefiero jugar a solas contigo al igual que te pasa a ti. Por-

que yo me hago la boba de garrafa y te dejo que te cuentes alguna de más, y hago como que no he visto que has sacado solo un uno o que te ha salido el seis por tercera vez. Ese rato nuestro, hijo.

La de veces que he pensado lo que jugaban las otras madres con sus hijos. Y a qué cosas. Y cómo sería eso. Y si yo habría sabido o no.

La señorita Mercedes me dice que te tengo que enseñar a perder. Eso me dice, ya ves qué tontuna más gorda. Que la primera vez que se lo entendí después de varias veces intentándolo, a mí me entró hasta la risa. Uy, perder. A un chico hay que enseñarle a ganar un jornal, pero a perderlo no.

A mí me habría gustado que me enseñasen a ganar, pero a qué ganar me iban a enseñar mis padres si no tenían nada. A qué ganar si ellos perdían siempre. Si se te muere el marido, pierdes. Pierdes si se te muere el hijo. Si se te desbarata la cosecha, lo pierdes todo. Pierdes si el vecino le va con el cuento a los guardias. Si no vas a la escuela, pierdes. Y si estás sorda, más. Mismamente.

Así que cada vez que tus hermanas las blandas le iban con lo del parchís a la señorita Mercedes y tu madre me venía con que te tenía que enseñar a perder, hijo mío; entonces, te digo, yo le contestaba que si no gana uno cuando es niño, cuándo gana pues. Que un niño puede escalavrarse con be o con uve y llenarse de costras las rodillas, pero tiene que reír y sacar un parchís y ganarle a una vieja y querer vivir siempre. Que luego ya la vida te mete en la cueva, ¿te acuerdas?, como a la abuela del chico mongólico.

* * *

Me gusta mucho cuando me agarras del mandil porque se ha ido la luz y tienes miedo; cuando me coges por la espalda para que te lleve a la cama a caballito; cuando te ríes de mí, me traes el cuaderno, me corriges y me escribes en un papel la palabra que he dicho mal: avandono, haller, rebuelta; cuando me sostienes la cara con las dos manos para que te mire y me hablas de frente, vocalizando muy despacio.

No me gusta nada cuando te tapas los oídos, Currete: tú no sabes lo que es eso; cuando te busco por el pueblo y se hace de noche y no te encuentro; cuando quieres meterte en la cama conmigo, hijo, y tu madre dice que no; cuando enredáis por el cementerio. Por mucho que diga la señorita, un niño no tendría que estar nunca en un cementerio.

A la señorita Mercedes, que es tu madre, ya le he dicho que menudos problemas se crea ella sola. Que todos los niños chicos se cagan. Y que una, que es vieja, sabe ahora que la felicidad era ese olor a mierda, y ese lavar a mano hasta que se te pelen los nudillos, y ese revoltijo de casa patas arriba, y ese andar todo el día con la teta al aire, como si fueras una vaca del Emilio.

Porque luego viene el silencio. No el de la sordera, ese no te digo. Sino el otro silencio, que es peor. El silencio de las cosas. Y de los olores. Y de los sabores. Y de los tocares. Y eso sí que es un problema.

Porque un hijo es un ruido.

Tú ni sabes, claro. Pero la primera vez que os vi a los cinco fue paseando por la plaza un sábado. A mí me disteis una envidia tremenda pero bonita, eh. Tan guapos y tan jóvenes tus padres. Tus dos hermanas, las blandas, tan conjuntadas. Y tú ahí llevando al perro pelirrojo con una correa. Aunque, ahora que lo pienso, el que te llevaba era el Fliqui a ti.

Tú ni te acuerdas, a ver. Pero fui andando como haciéndome la encontradiza hasta el puesto de melones en que se paró tu padre, que llevaba unas gafas de sol verdes y entonces tenía patillas. Tu papá le compró tres melones al gitano y sonriendo me dijo algo que no entendí. La señorita Mercedes enarcó las cejas e hizo lo mismo. Creo que en ese momento el gitano os fue con el cuento de que era sorda como una tapia. Porque ya no fue lo mismo.

Fue cuando os di los buenos días, me agaché un poco para sacarte un caramelo de limón de la oreja y entonces te vi los dos lunares. Me dijiste que no con la cabeza y al final se lo cogió la viva de la Isa, que es menos blanda que la Vero. Cuando ya os ibais, te giraste y me miraste. Yo te saqué la lengua y tú también.

Así nos conocimos, hijo.

Esa tarde me metí en la cama. En qué hora.

* * *

Me gusta pensar mucho las palabras antes de escribirlas. Y mirar en el diccionario si hace falta. Y solo cuando estoy segura, ponerlas. Solo que a veces me trasteáis el diccionario y tengo que escribir a lo bruto, que es como tirarse a una alberca sin flotador y haciendo pinza en la nariz. A bomba, se dice ahora. Con más miedo que siete viejas, digo yo.

Las letras de tu padre. Esas palabras, Currete.

En la postal de tu padre ponía Madrid con letras doradas. Es la estatua de una señora subida a un carro tirado por dos leones. Lo mismo que el Miguel con los bueyes, solo que el Miguel no es de piedra, menudo es el Miguel. Te lo he dicho así a lo bruto, y la señorita, que debía estar escuchando, ha levantado la cabeza de los papeles y le ha dado una risa floja que al final me ha molestado un poco.

Yo no sé lo que te he enseñado todos estos años que estoy contigo, ni si te he enseñado algo (tu madre, hijo, dice que sí, que mucho más de lo que me creo). Pero sí que sé lo que me has enseñado tú. Y no te hablo de que ayer se escriba sin hache y con i griega, mi Currete, ni del episodio del lirón careto. No, no.

Sino de cosas de mí.

Me gusta mirarte a este lado de la ventana mientras coso a la luz de la tarde, excavando en el suelo blando con las manos, junto a tus amigos, como si fueses un perrillo que va a esconder algo. Y luego, cuando chispea, entras a casa con las uñas negras a abrir la nevera y yo te llamo cochino y te digo que te laves las manos o no hay merienda. La de piojos que tienes, la Virgen. Anda, ven acá, que caliento vinagre para quitarte las liendres.

Hoy el canario verde ha aparecido tieso y boca arriba en el fondo de la jaula. Lo has levantado de un ala, lo has metido en una caja de zapatos de color gris y te lo has llevado a enterrar con los chicos, ellos muy contentos y tú solo un poco triste. De regreso, has abierto la puerta para que se vaya el otro.

Le he dicho a la señorita Mercedes que no te riña, que a qué ton te va a regañar (así le he dicho) si ella no les hace ni una miaja caso a los pájaros. A la mañana me has preguntado que si el que se ha ido va a vivir. Yo te he contestado que no, que seguro que se lo comen los gatos o se muere de frío. Entonces, bastante enfadado, me has dicho que no lo entiendes y que para qué mierdas se va.

¿En qué piensas, Currete? ¿Por qué no estás por ahí con tus amigos estos días? Díselo a la Eme.

Me enteré yo bastante antes que tú.

La señorita Mercedes decidió que no os dijéramos nada porque las dos sabíamos lo que te iba a pasar después. Hasta que no hubo más remedio, claro, y lo supiste. Creo que fue cuando viste tantas cajas de cartón vacías y a tu madre empaquetando la Larousse para llevarla a otro lugar. La modernidaz, eh.

Ya no dejas ni que te peine. Anda, déjame hoy para que vayas guapo.

Hoy me has venido, me has dado un beso con abrazo, has dicho algo que no he entendido y te has metido en el coche más triste que enfadado. En vez de pedirte el asiento del medio, como haces siempre, te has pedido uno con ventana. Y ni te mueves.

Lloras cuando te vas del pueblo en el Simca, que yo te veo en el coche llorar.

Y no lloras por Vicente Jesús, ni por Gregorio, ni por Sara, ni por la era a la que no vas a volver, ni por los canarios, ni porque te vayas por fin a la ciudad.

Sino porque te dejas a la señora Emérita en el pueblo.

Por eso lloras en el coche en el que tu padre acaba de encender el motor.

Porque los sordos no solo leemos los labios. También sabemos leer el otro lado, más allá de los almendros.

No te vuelvas.

Te pido que no te vuelvas.

Cuánto me habría gustado escucharte hablar, poder oír el sonido de tu voz, una sola palabra tuya. Y que esa palabra hubiese sido mamá.

(Él y ella)

Papá volvió a irse los domingos por la noche y a regresar los viernes.

Mi madre por fin se iba saliendo del cuerpo de la señorita Mercedes.

A Vero y a Isa les empezaron a asomar los bultos de las tetas.

Don Eladio se cansó de subir el retrato del señor del bigote en la escuela y solo quedó el del rey.

Ardió una casa entera.

El señor Luis compró una máquina nuevecita de cortar fiambre a manivela para el ultramarinos.

Sufragio se hizo novia de Mario, o sea, del Dos Velas, que se quedó con el mote aunque ya no tuviera mocos.

Sarita cerró el negocio.

Al Pirracas le robaron la bici.

Gregorio y Vicente Jesús cogieron el sarampión, algo muy normal porque lo hacían todo juntos.

La Emérita enterró a su madre, que llegó hasta los ochenta y cinco años.

Y yo, por fin, ya solo me ponía calzoncillos.

La de cosas que pasan en un verano. Sobre todo, cuando tienes una edad y levantas un poco la cabeza: te vas hecho un niño en julio y vuelves hecho un *cowboy* en septiembre.

En ese tiempo, yo ya veía claramente la diferencia.

Por un lado, estábamos los que seguíamos con Vicentico, los refugios y las rodillas sucias y, por otro lado, estaban los que se hacían los chulitos.

Llegabas de las vacaciones, veías el percal de cada uno y al final hacías piña con los tuyos.

—Bah, ese ahora se cree un chulito.

Para ser un chulito tenías que tener pelusilla encima del labio, pasar de llevar merienda, no querer jugar ya a peleas, decir más palabrotas y pegar a algún pequeño de vez en cuando. Como para decir ojito.

Pasabas a ser un chulito casi sin darte cuenta. En dos o tres meses. A la misma velocidad en que a las blandas les salieron los dos bultos.

Te jodían los chulitos. Mucho. Pero contabas los días para ver cuándo lo eras tú.

La primera vez que la Emérita me vio mirándome de puntillas en el espejo a ver si tenía pelusilla y después levantando el brazo para verme el sobaco, me dijo que a qué ton me miraba tanto. Que si buscaba un nido de golondrinas ahí abajo. Yo le contesté que golondrinas no, que buscaba pelos y que cuándo me iban a salir.

—Anda, Currete. Que se vive muy bien de chiquillo. Qué manía os ha entrado con crecer a tus hermanas y a ti.

Crecer tenía sus ventajas. Por ejemplo, mandabas algo más, echabas a pies en el fútbol, te ponían dos huevos fritos en vez de uno o podías ir de caza con los hombres.

Pero también me imaginaba yo los inconvenientes. Más deberes de la señorita Mercedes, o sea, de mi madre. Cortar la leña y ayudar en el huerto. Tener que fumar obligatoriamente. Perderme *Orzowei*. A lo peor hasta ni podía ya meterme con mi padre en la cama los sábados por la mañana. Y otra cosa más: seguro que al dormitorio no me iba a rezar las cuatro esquinitas ni Dios.

El caso es que, poco a poco, empecé a imaginarme de chulito.

Me gustaba imaginarme sin pantalones cortos ni jerséis de cuello vuelto, con algún corte en la mano por el corvillo, dándome con la brocha de afeitar de mi padre hasta ponerme una barba blanca de espuma, haciendo luego *clo-clo-clo-clo* al sacudir la navaja en el agua.

Lo que menos me gustaba: a ver qué hacía yo con el disfraz de torero que me había hecho la Emérita. Esa era otra: ningún chulito iba por ahí con una señora sorda detrás.

* * *

Chulitos había muchos, pero mi favorito era Tomás. Un chico que era medio líder, me sacaba unos pocos años, empezaba a escupir por el colmillo, vivía en las casas de las afueras, no hablaba demasiado, era muy bueno en matemáticas y medio me apadrinó.

La primera vez que hablamos fue en el depósito.

Nosotros jugábamos a un rescate corriendo como cabras y ellos estaban sentados encima de unos ladrillos abandonados. Hacía poco que la Emérita me había enseñado a hacer pompas con el chicle y yo andaba todo el día ensayando. La cosa no empezó bien.

—Eh, tú, enchufado.

—¿Quién? ¿Yo?

—Sí, tú.

—Yo no soy un enchufado.

—¿Ah, no? Eres el hijo de la señorita.

—¿Y qué?

—Pues que eso es tener enchufe, chaval.

—Una porra.

—Una porra es la que te voy a dar a ti como no vengas. Anda, ven, enchufado.

Y fui, a ver qué iba a hacer si no.

Me sonrió, me revolvió el pelo, me preguntó si le daba un chicle para disimular el aliento y se lo di. El tío hizo una pompa tan grande que se le estalló y se le pegó en el flequillo. A mí me entró la risa y a él también.

—Esto me pasa por ir de maestro, enchufado.

Le dije mi nombre, pero le dio igual.

—¿Quieres, enchufado?

Me ofreció un trozo del girasol gigante que habían cogido por ahí, le arranqué un buen cacho, me senté a comer las pipas con él y, durante el tiempo en que me duraron, Tomás y yo hablamos de la señorita Mercedes y del coche de mi madre; de la escuela y del fútbol; de si mi padre era de Carrillo, como decían, y de los pozos que tenían ranas; de la Sarita y del incendio del verano.

Desde entonces, nos hicimos buenos amigos.

Si echábamos un partido, él siempre me pedía para su equipo y hasta me la pasaba. En las excursiones al campo que organizaba mi madre cuando hacía bueno, me daba una tobita por detrás y me decía enchufado, pero luego me echaba la mano por encima del hombro y me contaba cosas que me hacían reír. Me defendía en las peleas. Y más de una vez, si me veía apurado con la hora de regreso, me llevaba en el asiento de atrás de su bici de vuelta a casa. Por todo ello era especial para mí: el único al que, si me pedía un mordisco del bocadillo, no le ponía los dedos gordos para hacer tope.

Allí donde no llegaba mi padre, estaba mi madre.

Allí donde no llegaba mi madre, estaba la Emérita.

Allí donde no llegaba la Emérita, estaba Tomás.

Crees que conoces a alguien porque te deja tirar una falta al borde del área, pero qué va. La historia de Tomás me la contó una noche la Eme, después de verme varias tardes charlando con él.

Era una historia triste y vulgar. Ella la conocía muy bien. Porque Tomás, sus padres y sus dos hermanos eran sus vecinos en aquella casa de adobe que la Emérita tenía en las afueras; que tenía cerrada a cal y canto, quiero decir. Porque eso lo notas en cuanto entras en una casa. Y aquella única vez que la señora Emérita me llevó a la suya, olía a encerrado y a secretos.

La historia era triste porque no acababa bien.

Y vulgar, porque en los pueblos pobres había muchas tristezas.

Me contó.

El padre de Tomás se ganaba el jornal en el campo y tenía fama de trabajar como un animal. Pero aquello no alcanzaba para mantener a una familia con tres hijos. Un día en que había ido al rebusque, el campanario dio las cinco de la tarde y todavía no había regresado. Entonces, su madre le mandó con el hermano mayor al camino de las viñas para ver qué pasaba con el padre. Lo encontró el propio Tomás, caído en una posición imposible, la imagen de un espantapájaros vencido. Trataron de reanimarlo a bofetadas, se lo echaron a las espaldas. Estaba rígido, lo arrastraron como pudieron hasta el pueblo, entraron a casa sudando y jadeando, lo depositaron dentro nada más cruzar el umbral, como si fuese un náufrago al que hubiesen puesto a salvo. Al padre le colgaba un hilo blanco de baba de la boca y tenía los ojos en blanco. Fue en ese momento cuando Tomás supo que se le había acabado la infancia.

Desde aquel episodio habían transcurrido cinco años. Los tres hermanos ayudaban a la madre a lavarlo, a alimentarlo, a cambiarlo de posición y a llevarlo a una butaca que tenían detrás del visillo, para que le diese un poco el sol. Porque el padre todavía permanecía en su limbo a pesar del paso de los días, tumbado como un saco en la cama o aparcado detrás de la ventana. No sabían si les entendía, pero les miraba con los ojos muy abiertos.

A mí aquella historia me daba más miedo que pena. Un miedo que te cagas.

Porque una cosa es que los monstruos vengan de vez en cuando a visitarte por culpa de la televisión o de los tebeos para adultos, y otra cosa es que el monstruo esté siempre en el cuarto de estar. Que te lo encuentres nada más abrir la puerta. Haga frío o calor. Que no le puedas dar la espalda. Que lo que dé miedo (y asco) no sea que te quedes sin padre, sino que tu padre sea eso.

—¿Y eso quién te lo ha contado? —me preguntó Vicente Jesús.

—La señora Emérita, que era su vecina antes de que llegásemos mi madre y yo al pueblo.

—Por eso su hermano mayor no fue a la escuela, claro —añadió Gregorio.

—Será.

—La verdad es que, en esto de los padres, como tengas mala suerte la has cagado —dijo Vicente Jesús.

—Ya. Pero cagado, cagado —disimulé yo.

—¿Tú le limpiarías el culo a tu padre? —preguntó entonces Gregorio—. Yo al mío ya te digo yo que no.

—Ni yo.

—Ni yo.

A veces nos poníamos a hablar de lo que estaríamos o no estaríamos dispuestos a hacer para salvarle la vida a nuestro padre o a nuestra madre o a quien fuera de la familia. Desde tener que beber el pis (se ponía escatológico Gregorio) o limpiarles la caca. Desde comerse un plato de mocos del Dos Velas o zamparse un bocadillo de lombrices de esas blancas del culo.

Y luego, después de reírnos un buen rato, guardábamos un minuto de silencio y de respeto por Tomás, que a lo mejor aparecía a lo lejos con la bici, oliendo a jabón Lagarto y a tabaco, y me llamaba a gritos.

—Eh, tú, enchufado, ¿has traído balón?

* * *

Los mayores dicen que crecemos a estirones y es verdad: en aquel otoño, la Emérita me tuvo que descoser el bajo de los pantalones dos veces.

—Este chico ha dado otro estirón —le decía a mi madre.

Mi madre asentía, me miraba ensoñadora por encima de las gafas y luego se mordía el labio de abajo con un esbozo de sonrisa.

Pero se referían a los estirones del cuerpo y no a los otros.

Los otros no los veía nadie, los sentías tú por dentro. No tenían que ver con las piernas o con los brazos. Sino con el mundo de fuera.

Los otros estirones los dabas cuando se te iba el padre un tiempo, cuando veías que existen los mongólicos y que hasta se ahogan, cuando sabías que cada dos o tres años tendrías el nuevo mejor amigo de tu vida, cuando hacías entender a los sordos.

Y también cuando atisbabas con tus propios ojos el reverso del mundo. Como pasó aquel día: el hermano más pequeño de Tomás llevaba un abrigo de cuadros marrones que se me había quedado pequeño hacía mucho.

Se lo vi un sábado con mi padre. El hermano pequeño de Tomás iba de la mano de su madre. Me quedé mirándole como si hubiese visto una aparición.

—Esa ropa es mía.

—Era.

—Es mía.

—Claro. Era tuya —recalcó mi padre—. A ti ya no te servía y hay familias del pueblo a las que les hace falta. Por eso le damos vuestra ropa.

Mi padre aprovechaba que no estaba mi madre delante para ponerse un poco comunista, de eso me daba cuenta yo. Era su modo de vengarse de esas contadas ocasiones en que ella me llevaba a misa.

Entonces, me hablaba de la justicia social y de lo mala que era una dictadura, me decía que no había que creerse más que nadie y que el analfabetismo de la señora Emérita, por ejemplo, era fruto de la injusticia de un país que arrastraba una tara y un atraso y blablablá.

Todo ello por sacarle lo del abrigo de cuadros. En qué hora.

Fue cuando aprovechó para repetirme que mis hermanas y yo teníamos tres suertes.

La primera era la suerte de haber nacido en el lado seguro del mundo, subrayó, un sitio donde ahora no había guerras, epidemias ni hambrunas.

La segunda de nuestras suertes era la de estar en el lado seguro de nuestro país: formar parte de esa España que tenía dos sueldos, vacaciones pagadas y cosas así.

La tercera suerte era como un aro de cebolla dentro de la anterior: la nuestra era una familia que, a pesar de tener recursos, dijo, no se olvidaba de los que no los tenían. En definitiva, concluyó, no nos habíamos olvidado de los que no tenían la suerte número uno ni la suerte número dos.

Yo entendía perfectamente lo que quería decirme, pero había cosas que no me explicaba si teníamos tanta suerte como aseguraba él. Cosas que iba sabiendo, que me contaban o que intuía. Debía de ser por eso (por estar hasta arriba de potra) que nunca nos tocaba la quiniela que seguíamos echando todas las semanas.

—Y si tenemos tanta suerte, ¿por qué no estás entre semana? ¿O cómo es que la Emérita no recupera el oído? ¿O por qué se va a acabar el mundo, como dice el tío?

Mi padre se rio. Me llamó suertudo con los ojos muy abiertos. Y me pegó una patadita en el culo a pierna cambiada.

* * *

Así que Emérita era fruto de la injusticia de un país que arrastraba una tara y un atraso y blablablá.

Blablablá era una palabra que solo se decía en los tebeos y en los cómics, pero no en la realidad. Lo mismo que no se decía cáspita. O rezapateta. O córcholis. O malandrín. O rayos y centellas. O corcho. O canastos. O repámpano. O caracoles.

La Emérita no decía caracoles. Pero sí se los comía con mi padre y con Isa. A los demás nos daban un asco tremendo esas babas.

De verlos rechupetear con tanta ansia, uno pensaba que aquellas eran las babas buenas. Porque también había malas babas. O mejor: gente que tenía malababa en singular y no en plural. Una malababa que yo me la imaginaba como una sola palabra, pero en boca de muchos. Goteando como las de los trolls.

Era por lo que decían de la Eme.

En los ultramarinos.

En el casino.

Al salir de la iglesia.

En el frontón.

Mi padre decía: «En este pueblo hay mucha malababa». Y luego metía la cuchara en la olla de los caracoles con chorizo, cogía uno, sacaba el cuerpo del molusco con un palillo y absorbía la concha.

Emérita le leía a mi padre los labios, que se los chupaba.

Luego ella sonreía de pura felicidad.

Yo no entendía nada.

* * *

—Treinta y nueve de fiebre. Estás tú bueno. Anda, bebe un poco de agua.

—No me apetece.

—¿Quieres algo?

—Hacer pis.

Cuando me subía la fiebre mucho, todo me importaba un pimiento. Mis padres. La suerte que teníamos. El tamaño de la picha. Las notas del colegio. Las noticias políticas que daban por televisión. Dios. Ser veterinario o torero. El futuro.

Cuando me subía mucho la fiebre, solo estaba yo en el mundo.

Treinta y nueve de fiebre en una cama infantil llena de tebeos desparramados mientras tus hermanas están en la escuela es un país del que no quieres salir. Un territorio al que quieres regresar. Una especie de embarcación con colchón y cuatro patas que te lleva río abajo, muy lentamente, al albur de la corriente, en unas aguas mansas y en un día soleado, y con la que vas explorando lugares que ni conocías o que ni te habías parado a mirar.

Por primera vez, descubrías un universo nuevo: por ejemplo, cómo era la vida un martes de diario, al mediodía, fuera del colegio. O descubrías que había vida a secas.

Yo lo veía todo desde la ventana que había junto a la cama. Lo malo de aquella ventana era que entraba algo de frío. Lo bueno era que entraba algo de mundo.

Un tractor con un remolque.

Dos mujeres viniendo de comprar.

Un vendedor ambulante.

El sonido de un hacha cortando leña.

Y ni un solo niño libre.

Lo de estar en la tripa de la madre debía de ser algo parecido a lo de tener fiebre. Caliente. Flotando. Alimentado. En paz. Dado la vuelta. Como en otro mundo, pero dentro de este.

Si me cansaba de los tebeos y de mirar por la ventana, me fijaba en el techo o en el armario.

En los estados febriles veía cosas. De tanto observar una mancha, cambiaba de forma o de color. De tanto repetir una palabra, perdía su significado. Modernidaz, modernidaz, modernidaz... La casa olía a coles cocidas. Se escuchaba el lento borboteo de la verdura en el fuego y la llegada del afilador.

La Emérita me decía que cerrara los tebeos y que sudara de una vez por todas. Como si el sudor fuera la señal definitiva de que los demonios del cuerpo iban saliendo.

—¿Te bajo la persiana?

—No.

—Tienes que sudar.

—Es que no me sale el sudor, Eme.

Pero por nada del mundo soltaba yo los tebeos, los cómics, los cuentos.

> El nacimiento de un cangurito es una prodigiosa aventura. En efecto, la madre, durante los treinta días de gestación, a mitad de embarazo todavía, se recuesta. Entonces, con la cabeza dentro, limpia cuidadosamente

> la bolsa. Por su parte, el marsupialito, que no pesa más de cien gramos al nacer, busca, al azar, a través de los pelos y del cordón umbilical, la bolsa de su madre. Allí encontrará, sin duda, las mamas maternas a las que se aferrará, hasta que a los doscientos días abandone el marsupio y nazca definitivamente. Mientras va creciendo, sale algo al exterior, pero regresa enseguida al marsupio donde pasa la mayor parte del tiempo.

Lo primero que hacía mi madre nada más regresar del colegio era entrar a verme. Tan pronto sentía la llave en la puerta, yo bajaba la persiana y me hacía el dormido. Entraba muy despacio, caminaba en silencio, mamá me ponía los labios en la frente y yo, como un príncipe resucitado con el beso, abría los ojos.

Decían que, cuando tenías fiebre, pegabas un estirón.

Yo pronto comprendería que, con determinados estirones, sobrevenía la fiebre.

—Cuarenta. Te ha subido a cuarenta. Madre de Dios.

***

Un fin de semana en que hizo buen tiempo, volvieron las gentes del circo. En esta ocasión, se instalaron en la plaza del pueblo. Un espectáculo que, además de los consabidos payasos, magos y equilibristas, incluía títeres e hipnotismo. Solo que esta vez no fuimos. Y ello a pesar de que la señora Emérita insistió en que lo hiciéramos los seis juntos de nuevo.

—¿Son los mismos que la otra vez? —preguntó la Eme.

—Son otros —contestó mi madre.

—Pues con mayor motivo, señorita Mercedes. ¿Cómo no va a llevar usted a los chicos?

—Mire, señora Emérita: el que quiera reírse, que se busque su propia mona.

Y se rieron las dos, y luego hablaron no sé qué de los pueblos, y mi madre trató de explicarle algo del sentido del ridículo, y yo, a la noche, después del dictado, le pedí a la Eme en la cama que convenciera a mi madre. Y a la mañana siguiente y a la otra y a la otra, la señora Emérita le volvía a mi madre con lo de ir, y esta le decía que no, que no, y mi madre se quedaba tan tranquila y nosotros nos quedamos sin circo.

A falta de anémonas o caballitos de mar en el ultramarinos, ver un circo mundial era de esas cosas exóticas que llegaban a un pueblo y te hacían viajar como la fiebre. A mí me recordaban un poco a los dibujos de los conquistadores españoles llegando a América que había en los libros escolares. O a esos vendedores de brebajes que salían en las pelis del oeste.

No fuimos al circo, claro. Pero al menos nosotros escuchamos la música y las risas desde lejos. La Eme ni eso.

A donde sí que fuimos, fue a votar, que según me explicó mi padre el día del abrigo de cuadros también era algo muy exótico para España y que había costado mucho traer. Más que los peces abisales que yo solo había visto en el álbum de *Vida y Color*.

—¿Se vota solo en el pueblo? —pregunté a Gregorio.

—Hombre, no seas bruto, digo yo que en el pueblo de al lado también, que para eso son el doble.

—Yo creo que se vota solo en el pueblo, eh.

La cosa debía de saberse con antelación. Porque recuerdo que ese día la señorita Mercedes se saltó el proceder habitual —ese rito que empezaba pasando lista en su mesa y terminaba con cánticos y «flores a María, que madre nuestra es»— y nos dijo que nos quería hablar a todos juntos de algo importante.

Se levantó de su asiento, rodeó la mesa, se sentó en su borde frente a nosotros y nos sonrió antes de comenzar.

Ella nos fue sacando de dudas.

—Bueno, chicos, dentro de dos domingos la escuela abrirá como cualquier otro día. Pero no será para dar clases, sino para que la gente del pueblo venga a votar. Votar es elegir quién gobierna. Todos los votos valen lo mismo: igual vale el del que tiene dinero que el del que no tiene; el voto del alcalde lo mismo que el de vuestra madre... Yo os animo a que vengáis ese domingo con vuestros padres y a que lo veáis. Y también os mando una tarea: que me hagáis una redacción sobre lo que creéis que para un país significa ir a votar.

Aquella mañana nos habló de la democracia y de la igualdad entre hombres y mujeres, del Caudillo (ella decía el Caudillo, aunque no le gustara nada de nada), de los partidos políticos y de la libertad. Como quien habla de algo que conviene cuidar.

—Imaginad que no pudieseis elegir nunca. Que no pudieseis elegir el presidente del país, pero tampoco lo que leéis, reunirte con un grupo de amigos que piensen como vosotros, ni salir a la calle a quejarte de algo, ¿lo imagináis? —Se fue hasta el mapamundi de cartón que estaba colgado—. Pues este país puede elegir porque tiene democracia. Y este. Y este otro. Y este otro también. ¿Sabéis una cosa, chicos? Justo estos países son los más desarrollados del mundo... Y ahora en España ya se puede elegir.

Algunos mayores se acordaban de que, cuando murió Franco hacía no tanto, habían dado una semana de vacaciones y le preguntaron a mi madre que si ahora, con esto de las elecciones, la iban a dar igual.

Ella sonrió y a nosotros nos dio por soltar unas carcajadas, como si fuéramos una salva de confeti o unos petardos del Pirracas, porque cuando mi madre sonreía y se sentaba al borde de la mesa y se salía de la cartilla diaria y del libro de Edelvives, entonces, digo, mi madre molaba un montón.

—Seño, ¿a que también se vota en los demás pueblos?

—También, Gregorio.

—¿Ves?

La señorita Mercedes siguió despejando dudas. Cuando mencionó aquello del sufragio universal, todos miramos a Sufragio, que se puso roja como un tomate, y nos partimos de risa.

—¡Universal! —gritamos—. ¡La Sufragio es universal!

Y seguimos con las bromas y las preguntas, porque aquello era una democracia, dijo uno. Y hasta Eladito, el hijo de don Eladio, soltó una muy gorda sobre su padre que ni recuerdo.

Porque a esa edad no sabíamos muy bien si se podía vivir sin democracia, pero lo que teníamos claro era que no se podía vivir sin risas.

Tanto nos habló mi madre aquella mañana, tanto rato se tiró pintándonos aquello como una fiesta, que un par de semanas después, muchos fuimos al espectáculo como el que va a ver algo mejor que el circo mundial. Y gratis.

Acudí de la mano de la Eme, porque mi padre se había quedado ese fin de semana en Madrid para votar y mi madre tuvo que estar todo el día en la escuela para enseñarle a la gente cómo se hacía.

Y, por lo que vi, la cosa era algo a medio camino entre una romería y un confesionario.

Romería por la gente de todo tipo que iba apareciendo, que yo nunca había visto en ningún sitio a la abuela del mongólico o a Miguel el de los bueyes por delante del cura en una fila.

Y confesionario por la cabina aquella con cortinillas en la que se iban metiendo los vecinos, bisbiseando y de uno en uno, como si estuvieran contando los pecados.

Don Eladio se daba un aire de solemnidad paseando de aquí para allá con las manos cogidas a la espalda. Sonreía de una forma tan exagerada que daba un poco de miedo. Te miraba como si pudiera leerte el partido político.

Mi madre estaba sentada junto a otras personas detrás de la mesa donde estaban unas cajas transparentes. Allí se metían las papeletas, o sea, los votos. Al vernos cruzar la puerta de la escuela, se inclinó para vernos, nos saludó con la mano desde lejos y siguió a lo suyo.

Está claro que el circo no era, pero la Emérita se había puesto su mejor ropa igual que cuando fuimos a ver a los lanzadores de cuchillos. Definitivamente, o ella era más lista que muchos del pueblo o mi madre ya le había explicado en casa. Porque, nada más entrar, se dirigió a la cabina, cerró la cortinilla, me apretó un poco hacia su cuerpo y se puso a recorrer con la mirada los montones de papeletas, hasta que se paró en uno. Entonces cogió una y me dijo que la metiera en un sobre, cosa que yo hice porque iba para chulito y por algo había que empezar.

Al salir de la cabina, don Ubaldo miró de abajo arriba a la señora Emérita y don Eladio asintió enarcando las cejas y dando un respinguito: «Muy bien, muy bien, a votar. Todos».

Entonces yo entendí lo que nos quiso decir mi madre unas semanas antes, eso de la democracia, la igualdad y el poder elegir: que el voto de una sorda que hasta hace poco apenas sabía hacer la o con un canuto ya valía lo mismo que el voto del que mandaba.

Aquella fila para votar era la segunda cola de mi vida. La otra era la que hice en misa alguna vez, cuando iba a que me dieran la comunión, si es que me había enfadado con mi padre y quería cabrearlo.

Le dio la mano a mi madre como si no se conocieran, le entregó el DNI, la señorita Mercedes se lo dio a alguien y entonces se oyó:

—Emérita Rodríguez Pérez.

—Vota.

Metí el sobre cerrado dentro. Mi madre me sonrió como si el voto fuese cosa mía y yo no pude por menos que darle una buena noticia: la Emérita al menos tenía buen gusto.

—Ha elegido la más bonita, mamá. La papeleta de la flor.

Mi madre me dijo muy seria que me callara y yo no entendí.

Votar estaba bien. Pero que en el pueblo no se pudiera decir en voz alta lo de la flor, me daba a entender que eso de la democracia tenía mucho que mejorar.

Aquella noche mi madre me explicó por qué me había mandado callar, hice la redacción sobre lo que significaban las elecciones y la Emérita, a la que le pusimos un dictado para la ocasión, aprendió que urnas es sin hache y que votar también puede ser con uve.

Me gustaba ese rato en que los cinco estábamos escribiendo alrededor de la mesa camilla. Mis hermanas y yo con la redacción, la Emérita con su carpeta amarilla y la señorita Mercedes con los exámenes.

Sabía de sobra de quién era el examen que tenía mi madre delante solo por el tipo de caligrafía del alumno.

El control era de lengua. Aquella letra desgarbada y torcida era la de Tomás. Mi madre terminó de corregirlo, puso una nota en la esquina superior derecha y la rodeó en un círculo rojo. Un 4,75.

—Súbele, mamá. Súbele.

Y mamá me miró, se rio por lo bajo, revisó el examen buscando un 0,25 y al final le subió.

Al día siguiente, me faltó tiempo para decírselo a Tomás.

—Eh, Tomás, que sepas que has aprobado lengua por el enchufado.

* * *

A esas alturas, en la calle o entre mis amigos, no era extraño que alguien terminara advirtiéndome o preguntándome sobre la señora Emérita. Y ello no solo por el hecho de que yo hubiese estado por ahí diciendo durante días que ella había metido la papeleta de la flor, sino porque existía algo antiguo que había empezado a aventarse.

Cuando le iba con el cuento a mi madre, ella me decía que era envidia de la gente. Malababa. Y luego me soltaba que el peor de los siete pecados capitales era la envidia, porque era el único que no producía placer.

—Hay placer en la gula, hijo, en la pereza, en la avaricia, en la lujuria, en la soberbia y hasta en la ira lo hay: el placer liberador del que se enfada mucho. Pero nunca hay placer en la envidia.

—¿Envidia de qué, mamá, si es sorda?

—Envidia de que es feliz a pesar de su sordera, David. Envidia de que ha aprendido a escribir muy bien a su edad. Y de que nos tiene a nosotros. Y de que ha demostrado que es una mujer muy valiente y muy buena. Envidia de que un niño que no es suyo, que eres tú, la quiera más que sus hijos a ellas, que lo critican todo.

Lo que saqué en claro del pueblo fue que, cuando eres mujer pobre y estás sola, causas pena y eso le viene bien al resto para salir airoso de la comparación. Pero cuando dejas de ser mujer pobre y de estar sola, cuando te quieren y quieres, cuando puedes vestirte bien y aprendes mucha ortografía, cuando empiezas a escribir mejor que nadie, hay quien siente un fastidio nuevo y tremendo. Porque entonces, esa persona que lamenta la mejora ajena, decía mi madre, pasa a ser candidata a ocupar el escalafón más bajo que la Eme dejó libre.

—Es como si el mero hecho de su felicidad simple y sobrevenida junto a nosotros fuera algo que, para determinada gente, hubiese que arrancar.

Lo que yo traduje fue que una cosa era que todos pudieran votar y otra cosa bien distinta era que una mujer se pasease ahora por el pueblo tan contenta, como si no tuviese un pasado.

Cuando escuchaba aquellas cosas, me volvía a alegrar que ella fuera completamente sorda. Porque nos lo decían a mi madre, a mis hermanas o a mí con ella bien cerca. Como si más que sorda fuera invisible. Y eso sí que no, invisible no, porque por lo menos medía uno ochenta y algo y pesaba un quintal.

Gregorio, en los almendros: «Mi padre me ha dicho que mejor no se venga con nosotros. Ni de lejos».

Vicente Jesús: «Mi madre me dice que el Ramón, su marido, era un borrachín».

Don Eladio, un sábado en el casino, a mi padre: «Así que la Emérita nos ha salido del puño y la rosa, eh».

El Pirracas: «Mi abuelo dice que a la Emérita le gustaba todo».

Don Marcelino, el cura, a mi madre, al salir de la iglesia: «¿Y esa mujer no se va a confesar nunca como Dios manda?».

Mario, el Dos Velas, en el depósito: «¿Y no habría sido mejor que tu madre hubiese cogido a una que no fuese sorda, digo yo?».

El señor Luis, en el ultramarinos, haciendo reír a otras vecinas: «Esta mujer se hace la sorda, lo que yo te diga».

Don Ubaldo: «Ahora como vota todo el mundo...».

Y hasta Tomás.

* * *

El día de los Santos no hubo colegio y la Eme le pidió permiso a mi madre para llevarme al cementerio.

—Te quiero enseñar una cosa, Currete.

—¿Qué cosa?

Había estado con ella en su casa, en el circo, en la iglesia, en la escuela votando, en la cama, en la era blanca y en el hospital. Así que el cementerio debía de ser el único lugar del mundo que nos quedaba por recorrer juntos.

Me llevó como la que iba a desvelar un secreto. Uno que yo creía conocer del todo, pero no.

Cuando llegamos, media docena de personas velaban a sus difuntos frente a varias lápidas. Retiraban flores viejas, ponían otras nuevas, quitaban la maleza que circundaba la tumba, posaban la mano encima, rezaban algo, miraban a las nubes y al rato se iban.

Había llovido bastante la noche anterior. El barro se iba pegando a las suelas de las botas y, a cada paso, podías notar cómo la tierra arcillosa del cementerio tiraba de ti, al igual que si quisiera meterte dentro con todos sus muertos.

Dos mujeres de negro y aspecto muy humilde saludaron a la Emérita con respeto y admiración sincera. Se pararon a hablar con ella. Como si, en eso del dolor, la Eme tuviera los cinco sentidos y los sordos fuéramos el resto. Le dijeron cosas buenas de la señorita Mercedes y se persignaron. Luego una de ellas me dio un beso con babas. Buenas babas. Me limpié.

La abuela del mongólico manejaba una azadilla y arreglaba un montón de tierra pegado a las zarzas del muro. Una tumba medio tapada, como si a la naturaleza le diera vergüenza aquel chico. Al ver avanzar a la Eme, se puso toda tiesa y saludó con la mano desde la distancia. Luego volvió a lo suyo y siguió subiendo y bajando el apero.

PEDRO SÁNCHEZ TEJEDOR
1914-1971

Y después:

ABILIO GARCÍA GARCÍA
1920-1974

Y a continuación:

ROCÍO GARZÓN HERRÁIZ
1918-1961

A medida que pasábamos junto a las lápidas, yo jugaba a contar las letras de los nombres de los muertos y a hacer las sumas de las edades para mis adentros. Supe que hacía bastante que no iba por allí con Gregorio y Vicente Jesús porque, a diferencia de antes, ya no me sabía las cuentas de memorieta.

Nos dirigimos hacia el mismo muro en el que estaba enterrado el mongólico, solo que al otro rincón. Allí nos detuvimos frente a un pequeño abultamiento de la tierra. Uno que yo conocía bien.

La Emérita se quedó callada un buen rato. Luego se arrodilló, pero no para rezar, sino a cuatro patas como cuando se juega a las chapas. Se puso a quitar unas hierbas que le habían salido a la tumbita. Entonces, una vez limpia la sepultura, hizo algo extraño: se sacó del bolsillo una pajarita de papel de las que le había enseñado a hacer mi madre, la sopló para quitarle una pelusa del abrigo y la depositó cuidadosamente encima.

Luego se puso de pie y volvió a guardar silencio.

—Yo sé que te hablan de la Emérita, que te cuentan cosas. Porque sorda sí que soy, pero boba de garrafa no, hijo. Me doy cuenta cuando vamos por ahí y te dicen algo, y tú te pones rojo y me miras muy rápido, no vaya a ser que haya recuperado los oídos de repente y me entere. Pero no. No he recuperado los oídos ni los voy a recuperar. Aunque me entere, claro. Porque una cosa es una cosa y veinte son veinte.

Se escuchaba la cadencia de la azadilla amusgando la tierra mojada. A la Emérita le sonaban los pitos de los bronquios cada vez que cogía aire, igual que cuando te agarraba un ataque de asma.

—Toda la vida escuchando cosas, Currete. Y ahora que no las puedo escuchar, me las imagino.

Creo que por primera vez fui realmente consciente de que, en el pueblo, existió un mundo antes de que apareciera yo. Antes de que llegáramos en el Simca 1200 que olía a Ducados y a escay. Un mundo que albergaba puntos ciegos. Consciente de que crecer consistía en avanzar por un pasillo oscuro encendiendo luces.

—Mira. Mira aquí. ¿Ves esto de aquí? —señaló con la barbilla—. Al hijo lo llevas nueve meses dentro y luego se queda preñada la tierra de él para los restos. No se queda preñada cuatro meses, ni seis meses, ni nueve. La tierra se queda con el hijo dentro para siempre. Patapum. Y entonces la tumba es una madre con una barriga que sale desde el suelo hacia el cielo, pero que no crece nunca. Una placenta de lombrices, de humedad, de oscuridad, de bichos. Mismamente.

Me daba algo de miedo lo que decía, pero creo que la estaba entendiendo. Mientras hablaba, golpeaba muy despacio con la punta del pie en el montículo, al igual que el que llama a una puerta a deshoras. Se estaba llenando el zapato de fango.

Estuvo callada un buen rato. Tenía los hombros muy caídos y parecía menos alta. A mí me dio por rezar para mis adentros las cuatro esquinitas. Luego levanté la cabeza porque la oí hacer un ruido extraño.

Entonces tosió fuerte, se sacó un pañuelo que llevaba hecho un gurruño en la manga y se sonó la nariz varias veces. Como si, en vez de mocos, estuviese expulsando algo más grande que llevaba mucho tiempo dentro.

—Anda, ven que te abrigue —sonrió—. Cómo te has puesto las botas. A ver si vamos a llegar tarde a casa.

Chispeaba desde hacía un buen rato y no nos habíamos dado ni cuenta.

Estábamos solos.

O peor: estábamos muy solos.

Aunque yo creo que, viéndola allí mirando al montón de tierra, ella estaba mucho más sola que yo.

—Tú tranquila, Eme —vocalicé mucho y levanté la mano. Sentía la boca pastosa. Solo acerté a decir una cosa—. Seguro que no sufrió nada.

* * *

[Veníamos de la España que escuchaba un serial radiofónico. Íbamos hacia esa España que se sentaba a mirar una pantalla.

Todavía una sola pantalla.

Todavía juntos.

Éramos los hijos de los hijos de los que pasaron hambre. El recuerdo no tan lejano de que la comida que sobra no puede terminar en la basura.

Veníamos de la España que no podía elegir. Íbamos a esa España que empezaba a hacerlo. Esa música que nos poníamos en el viaje. Para empezar, la cara a o la cara b.

Veníamos de lo que contaban los abuelos, esa historia éramos. Éramos lo que ellos decían, y también éramos el qué dirán.

El cuarto embarazo casi mató a mi madre. Mamá enfermaba de diabetes cada vez que se quedaba encinta y paría unos hijos pasados de peso. Se ponía tan mala que bordeaba la muerte. Con Vero, con Isa, conmigo. El cuarto casi la mata, pero murió él.

Yo tendría que tener un hermano pequeño. Ese que nació muerto.

El abuelo quería mucho a mamá. Por eso quiso que yo tampoco naciera antes de que lo hiciera mi hermano muerto. Que naciera Vero, vale. Que naciera Isa, bueno. Pero que naciera yo, no.

Porque ya era mucho riesgo. Porque le daba miedo que Merceditas se le muriese en el trance de alumbrar el tercero. Pero papá, con todo lo comunista que era, no quería que mamá abortara.

Así que no lo hizo y nací yo.

Y el abuelo y papá tuvieron una bronca inmensa.

Pero siguieron hablándose.

A ver qué iba a decir la gente.

Luego nació el hermano muerto o el hermano abortado.

Nunca pregunté por aquello de niño. Solo lo hice una única vez de mayor. Y fue suficiente para no volver a hacerlo. Mi padre apagó el televisor y se fue. Mi madre me mintió con detalle porque la verdad me haría daño.

Veníamos de todas esas cosas que no se podían decir ni saber.

Veníamos de las paredes de adobe. Íbamos hacia el papel pintado. Aspirábamos a ser gotelé.

Veníamos de los hijos de los que se bañaron en sangre. De esa pintura bélica veníamos. Mis amigos, mis hermanas y yo éramos la mercromina].

* * *

Si tengo que ser completamente sincero, creo que no fuimos para coger una bomba con la que hinchar el balón. Menos todavía para saciar la sed. Tampoco por aquella camada que le había parido la galga y de la que se tendría que ocupar su hermano mayor.

Si hay que ser completamente sincero, creo que aquella tarde fuimos a casa de Tomás para ver de cerca a su padre.

Unos tenían una bici nueva, Vicente Jesús tenía un montón de jeringuillas, el Pirracas tenía una quemadura en toda la pierna, otros vivían con sus abuelos y yo tenía una cuidadora sorda. No sé, el caso era tener algo distinto que los demás no tuvieran. Algo que poder enseñarle al mundo.

Tomás tenía un padre que daba miedo.

La construcción a medio rematar estaba situada en la parte más humilde del pueblo, de camino a las cuevas donde vivía la abuela del mongólico y justo antes de la casa de adobe de la Emérita. Eran los dos últimos vecinos de las afueras. Luego, la calle daba una curva cerrada a la izquierda y acababa en un camino lleno de brozas.

La fachada estaba tapada por una parra seca y tenía varias grietas en zigzag. Sobre el tejado, combado y bajo, había una fina capa de musgo y dos gatos. De la chimenea salía un humo espeso. La única ventana que se veía tenía el visillo corrido.

La perra estaba sentada en la puerta. Gruñó al ver a tantos.

Lo primero que me llamó la atención nada más entrar fue el olor: un olor a lejía y a medicina.

Lo segundo que me llamó la atención fueron el orden y la limpieza.

Lo tercero fue el calor: un calor enfermizo alimentado por la lumbre y el sol que entraba por la ventana.

—Pasad por aquí y esperadme —nos dijo—. Voy a por la bomba. Hinchamos la pelota, bebemos algo de agua, os enseño la camada de la perra y nos vamos. Que a mi madre no le gusta que traiga a gente cuando no hay nadie.

El padre de Tomás estaba sentado frente a la mesa camilla con la cabeza y el cuerpo de lado. A mí esa inclinación me recordaba un poco a una bicicleta aparcada con la pata de cabra. Pero arropadita, eso sí. Una bici arropadita. Porque encima le habían puesto una manta de cuadros rojos y negros que le tapaba desde los hombros hasta las rodillas.

A modo de mesita baja, le habían acercado una caja de madera, de esas que se usan para vendimiar y en la que se leía «Naranjas Maison Borras». Sobre la caja, había un vaso de agua con una especie de pajita, dos gasas, una bufanda y un tarro con un ungüento verdoso.

Tomás nos dejó un rato con su padre. Dijimos buenas tardes, pero el hombre siguió con la mirada perdida hacia la calle. Cuando preguntamos qué tal, continuó sin mover un músculo. Entonces el Pirracas agitó una mano sin provocar efecto alguno y comenzamos a pasear muy despacio por aquella cocina mirándolo todo. Cuando Gregorio se cercioró de que aquel señor era como una estatua, saltó con la animalada del día.

—Ojalá mi padre estuviese así.

Justo en ese momento, regresó Tomás con la bomba y el flequillo revuelto. Nos ofreció agua. Bebimos a discreción.

—No se entera de nada. Lleva ya así varios años. No sabemos si nos escucha o no, pero mi madre no quiere que le dejemos de hablar.

—¿Y quién le cuida?

—Anda este. Pues todos. Menos el hermano pequeño, todos. Lo peor es para lavarlo, que nos toca preparar un belén que para qué. Pero limpiarlo ahí abajo lo limpia mi madre, eh... Agarra.

Agarré el balón. Tomás se puso a darle aire lo mismo que si estuviera atendiendo en un paro cardíaco. Le iba a estallar la vena verde de la frente.

—¿Y es sordo? —le pregunté.

—Ni idea. Yo creo que algo oye. Pero hablar no habla nada. No era mucho de hablar, eso es verdad, pero ya casi ni me acuerdo de su voz... ¿Está bien así de aire?

—Le falta un poco. Dale más.

Medio minuto después, el balón estaba hinchado en condiciones y el Dos Velas, que era el dueño, dijo que se lo dejásemos probar a ver si botaba bien.

—A ver, a ver, que el balón es mío. Pasa.

El caso es que, al cuarto bote, la pelota le golpeó en la rodilla y fue a dar con el orinal que había junto al padre de Tomás. El líquido se extendió rápidamente por las baldosas y pringó el balón.

Entonces se oyó una puerta abriéndose y una voz de mujer.

—¿Eres tú, Tomás?

En tres segundos estaba en la cocina.

A la madre no le hizo ninguna gracia ver a media docena de chicos allí como si aquello fuera la era blanca. Miró a Tomás muy seria. Fue a un cuarto y volvió con un cubo. Pero luego, mientras pasaba la fregona y la escurría, soltó un «¿Vosotros qué?» cordial y hasta nos preguntó si habíamos merendado.

Todos se fueron escapando en cuanto pudieron. Un poco porque se iba a ir el sol sin haber empezado el partido y otro poco por la vergüenza de lo del orinal. El Dos Velas cogió la pelota con cuatro dedos, dijo que nos estaban esperando y arrastró detrás a los chicos como si fuera el flautista de Hamelin.

—¿Pero no queríais ver la camada?

—Yo sí.

Nos quedamos Tomás y yo solos. Su madre se acercó al esposo, le puso en la boca el vaso de agua para que sorbiera, le recolocó las mantas y fue a tirar el cubo con el agua sucia al corral.

Al regresar, se lavó las manos, me miró de arriba abajo con cierta dulzura, suspiró, bromeó con el aprobado de lengua de su hijo y luego me preguntó por la Emérita. Yo le conté lo de siempre: que no oía, que estaba bien, que le ponía dictados.

Asintió.

—Id a verla, anda.

—A quién.

—La camada, qué va a ser.

En un lecho de trapos y paja, bajo la tenada del corral, estaban los tres cachorros, que descansaban amontonados y dormidos como si no corrieran peligro.

—Cógelos si quieres.

—No. Que los puede aborrecer la madre.

—Total. Para lo que les queda.

Eran de color crema, apenas sabían andar y estaban calientes y suaves como una de esas bolsas de agua que la Eme me ponía en los pies.

—Mi madre encontró un nido de ratones en el armario la otra semana y los echó al fuego. No tenían ni los ojos abiertos. Cómo chillaban. Todavía tengo el sonido aquí metido. Y cómo olía luego en la cocina: igual que cuando se te churrusca en la lumbre un cacho de pollo.

—Pobres.

—Eso le dije yo a mi madre y me contestó que para pobres, nosotros. Y que para animales ya nos tenía a los tres... A mi padre no le mete en el grupo de animales, claro. Cada vez que la perra se queda preñada, se tiene que ocupar mi hermano. Porque si no ya teníamos una galgada que ni te cuento.

—¿Hay algo peor que matar a un cachorro de perro? —le dije, pensando en los gatos de Gregorio.

Y él se me quedó mirando muy fijamente en silencio y luego me puso la mano en el hombro.

—Te lo tengo que contar.

Lo que me contó después sucedió hace mucho y le ocurrió a su hermano, que por entonces tendría cinco o seis años, no más. Él no había ni nacido, me advirtió. Y menos yo, claro.

Era una historia corta que Tomás se empeñó en adornar con muchos rodeos y preámbulos. Hasta que llegó a lo importante: el hermano que se tenía que ocupar de la camada que estábamos acariciando se acordaba del olor a Vicks Vaporub. Y también de que se meó en las botas de goma cuando la vio allí.

Más que la frase en sí, recuerdo lo que me fastidió escucharla. Lo que me entristeció fue escuchársela a Tomás. La cara que puso cuando la dijo. La frase aquella que fue como un portazo cuando me iba.

—Eh, tú, enchufado.

—Qué.

—Ten mucho cuidado con la sorda.

(Ella y aquel)

Recuerdo cómo te parí, hijo, pero no cómo te maté.

Recuerdo que te parí en la cama grande, junto a un brasero. Una cama sobre la que mi madre extendió unos trapos viejos y una piel de cordero para no poner perdido el colchón. Luego encendió la lumbre y se fue a llamar a la partera.

Recuerdo que, cuando llegaron las dos apuradas, yo ya estaba tumbada y con dolores. Y que la Elena me tocó la frente, me dijo: «Tranquila, bonita», y después le mandó a mi madre a matar una gallina para hacer el caldo que me dio cuando acabó todo.

Recuerdo que después me lavaron con un porrón, una gasa y agua templada que hirvió mi madre con unas gotitas de alcohol. Que a ti también te lavaron entero, te vistieron y te dieron agua de manzanilla con azúcar para las cacas negras. Que la placenta se la llevó mi madre para enterrarla. Y que luego te me pusieron encima.

Te digo que recuerdo cómo te parí. Cómo te traje al mundo. Lo recuerdo como si fuera ahora mismo. Pero no me acuerdo de cómo te maté. Y vivo gracias a ese olvido.

No pudimos ser, hijo.

¿Cómo habría sido todo si hubiésemos podido ser, si estuviésemos todavía juntos, eh?

Ya ves, ahora me atrevo a escribir esto, hijo. La caligrafía que tú no tuviste, las letras que no amontonaste, las palabras que no te dio tiempo a masticar en la boca.

Me habría gustado saber cómo habrías tenido la letrita. Si habrías hecho el rabo de la u como tu madre o te habrían salido apretujadas las emes. Si habrías cogido el lapicero con los dedos estirados o doblándolos como sarmientos, que es lo que estoy haciendo yo ahora mismo.

A veces, sin venir a cuento, escribo las cinco letras de tu nombre en los márgenes del cuaderno. O en el suelo con un palo. Mientras miro de lejos al hijo de la maestra y me imagino que ese niño eres tú. Que esos dos lunares encima del labio son los tuyos. Que esas costras de sus piernas te las hiciste conmigo hace muchos años. Que ese balón de reglamento que lleva se lo pediste a los Reyes en una carta que solo leí yo y nada más que yo. Que vas a venir corriendo a llamarme mamá. Y que yo te voy a entender, aunque no te oiga.

Escribo tu nombre en el suelo y luego lo borro si veo que viene alguien, ya ves. Con el pie o con el mismo palo. Entonces siento apuro. Y me pongo toda roja: es como si tu madre te matara de nuevo.

Recuerdo que la Elena estuvo viniendo los siguientes días para ayudar a lavarnos a los dos, que me dio unos aceites en las partes bajas y que ella, una partera de pueblo, hablaba más que el practicante. Hasta que se te cayó el cordonín y entonces te empezó a echar mercromina. Tanta que la primera vez que la vi, de pura roja que era, yo pensé que te me estabas desangrando.

Recuerdo las risas de la partera cuando me oyó. Cómo te mojaba el chupete en leche condensada y quina San Clemente. Tu olor. La ropa que te hacía. El cangrejo que era tu mano. Tus pañales tendidos al sol como banderas. La cuna de castaño que te hizo tu padre en cuanto supo que esperábamos un hijo. Mismamente como un robinsón que tuviera prisa. Todo eso recuerdo.

Y que, a pesar de la cuna, solo te dormías en mi cama.

Conmigo al lado. Currete.

* * *

Estoy sola en casa, sentada en la mesa camilla con brasero y escribiendo estas líneas como si fuera un furtivo. Acabo de terminar de apañar unas alubias con chorizo. Las alubias con chorizo han sido de toda la vida, pero las alubias con be han sido desde que conocí al chico. Lo único que ponía bien eran las judías verdes, ya ves. Porque a las acelgas les ponía una hache. Y a las verenjenas, una uve, pongamos por caso.

Saben mejor las palabras bien puestas, Currete. Como las recetas. Por eso los mozos que estudian mucho y se van a Madrid y ganan buenos dineros y tienen buenas neveras, tienen mejor lustre que los que nunca salimos del pueblo.

Estudio lo que no estudiaste tú. Leo lo que tú no leíste. Uy, si vieses la enciclopedia tan grande que tiene la señorita Mercedes. La de cosas que caben dentro. La de cosas que te saca de las tripas ponerte a leer.

Yo digo que escribir es como ir a un confesionario. Solo que sin cura que te afee los pecados de las haches que pusiste de más o las jotas que te bailan.

No sé si escribo bonito. Pero lo que escribo es de verdaz, hijo.

Te contaba que había hecho unas alubias, que me distraigo como los gatos. Pero antes he hecho las camas que los chicos me dejan a medio hacer. He recogido sus trastos. He encendido la estufa de la cocina para cuando vengan. Porque en un rato vendrán a comer y luego regresarán a la escuela. Y yo habré guardado antes esto en una carpeta amarilla debajo de la cama, que es lo mismo que borrar tu nombre de la arena.

Tengo un perro a los pies. Un perro grandote que me mira ahora mismo con unos ojos muy atentos. Con el pelo largo y rojo. ¿Sabes, Currete? En el pueblo al perro siempre le llamamos perro. Y a la perra, perra. Y a la mula, mula. Y al gallo, gallo. Pero la gente de las ciudades les pone nombre a los animales, una forma boba de querer encariñarse. Este se llama el Fliqui. Y duerme dentro. Como tus peluches.

Peluche es con che.

Gallo es con elle.

Fliqui se escribe con cu.

Y tú, Currete, tienes dos erres.

Eso me lo han enseñado los hijos de la maestra del pueblo. Me han enseñado a escribir bien y también cosas que ni sabía de mí.

Que perfectamente podría haberte criado, por ejemplo. Que tengo más paciencia que muchas. Que sé alejar a un niño de los peligros: los caminos, las piedras, la oscuridad. Que soy sorda, pero no soy un animal. Mismamente todo eso.

Cuándo habrías escrito tu nombre por primera vez, ¿eh? Anda, cuéntame. ¿Qué tal se te darían las sumas en la escuela? ¿Habrías sido tan bruto como tu madre? ¿Qué notas te habría puesto la señorita Mercedes?

A mí me habría gustado ser como ella por ti. Y que hubieses estado orgulloso de tu madre porque supiese conducir y decirte en francés La cigarra y la hormiga *de pe a pa.*

Pero te toqué yo, hijo. Te toqué. Y ahora que hablo de tocar, recuerdo tu calor de acurrucado. El brasero que eras. Y la pielecica de después. Cuando desperté y te me volviste invierno.

* * *

La primera vez que tu padre me sacó a bailar fue en las fiestas de la Virgen. Yo llevaba puesto un vestido gris que me hizo mi tía Hilaria y unos zapatos de mi madre que me quedaban pequeños. Me acuerdo de estar sentada junto a la Gloria y la Luisa, porque siempre íbamos juntas las tres pánfilas.

Vino un mozo y se llevó a la Gloria.

Lo mismo hizo otro y se llevó a la Luisa.

Entonces tu padre le dio un sorbo al vaso de sangría y empezó a mirarme todo endomingado, lo mismo que miran los hombres a una liebre por la escopeta: quería llevárseme.

Yo lo vi venir. Primero a pasitos cortos y haciéndose el distraído. Luego dudando, ajustándose la chaqueta como un torerillo y pasándose la mano por el pelo, con esa manía suya de allanarse el remolino de la frente. Hasta que se decidió y se me plantó delante lo mismo que una vaquilla en los encierros.

A dónde iba a mirar yo, a ver. A los lados no podía mirar porque estas dos ya estaban bailando. Al suelo tampoco porque ni que estuviera buscando una perra gorda. Entonces lo miré a él desde abajo. Sin levantarme de la silla. Con la hebilla de su cinturón a tres palmos de mi cara. Y cuando me tendió la mano sonriendo y me preguntó si me echaba un baile con él, yo dirigí la vista a madre y esta asintió. Así que me levanté, fuimos al centro y ese rato, Currete, fui la mujer más feliz del mundo.

Porque tu padre ya me gustaba. Aunque fuera más bajo que yo, que no te creas que no dimos que hablar en aquel baile por ello. Aunque tuviera fama de mala cabeza. Aunque soltara esas animaladas suyas que no se guardó ni el primer día.

Entonces yo tenía vivos los oídos y no muertos. Sonaba muy lenta una de Machín. Agarrados, pero no mucho, me dijo algo muy bajito que todavía recuerdo.

—Emérita, quién fuera hambre para darte tres veces al día.

Ya ves la ocurrencia, quién fuera hambre. Y darte tres veces al día.

Tu padre era así de animal, hijo. A mí me dio por reír como una boba. Una risa con la que me dio hipo y todo. Yo reía y tu padre aprovechaba para acercarse más y más. Hasta que una sacaba los codos adelante para marcar terreno como me enseñó madre y él volvía al rato con más.

—Emérita, quién fuera cemento para sostener este monumento.

Las tres piezas que nos echamos fueron con tontunas así, ya ves, que yo creo que las traía preparadas de casa y todo.

Porque tu padre listo no era, pero gracioso era un rato.

Me agarraba de la cintura en el pajar y me cantaba coplas. Cogía una pajita y me hacía cosquillas en el oído. Tenía unos prontos que eran conocidos en todo el valle y, cuando llegaba la siega, si estaba tu padre, todo eran risas y parece como que la labor era más llevadera.

Ahora creo que nos quisimos hasta que dejamos de reírnos. ¿Te dejas de querer porque dejas de reír o dejas de reírte porque dejas de quererte? En mi caso creo que fue lo primero. En el caso de tu padre, lo segundo.

Ninguna de las tres nos quedamos de solteronas. Porque la Gloria se casó con el Germán, la Luisa lo hizo con el Andrés y yo me casé con tu padre.

Primero decían que si yo iba a quedarme para vestir santos a mis treinta y pocos.

Luego que si me casaba, era porque andaba preñada.

Luego que si no me quedaba preñada, era porque no valía.

Luego... Luego ya sabes.

Así son los pueblos. Hagas lo que hagas, te echan a la parrilla como a un San Lorenzo.

Lo único que podían decir era que yo le sacaba media cabeza al Ramón, eso sí que sí. Y también que te estuvimos buscando un montón de tiempo, pero no venías. Eso también podían decirlo y yo escucharlo. Lo que dijeran después de la infección, ya no. Porque de la sífilis me quedé sorda para siempre. Y entonces dejé de entender muchas cosas, pero comprendí otras.

Fuimos a médicos de otros pueblos, recurrimos a curanderos que me recetaron cataplasmas de hierbas mojadas con petróleo y orina, al final acudimos a ver a un otorrino de la capital. Cuando me operaron del único oído por el que escuchaba algo, me dejaron sorda del todo.

Se nos hizo algo de noche y se nos metió en casa el frío. Porque parece que cuando no hay palabras ni ruidos, no hay luz ni calores. No llegamos a ser pobres, pero nunca nos sobró de nada. El Ramón se las pasaba en el campo, en una obra o en el casino. Yo te buscaba cada noche al venir tu padre. Aunque oliera a orujo y a tabaco, aunque oliera al sudor de la era o a caza, yo te buscaba igual. Había gente en el pueblo con menos que nosotros y esa gente no se quejaba jamás.

Por entonces yo me sentía culpable de la sordera porque era como si hubiese dejado solo a tu padre en aquella casa en la que vivíamos los dos.

Llegaba cansado, bien entrada la noche, me besaba en la mejilla, se lavaba las manos en la palangana, se encontraba con la mesa preparada, dejaba las botas llenas de barro a los pies de la chimenea, nos sentábamos los dos a cenar junto al fuego y después fumaba de liar.

Yo le decía cualquier cosa levantando la cabeza de la labor, como si pudiese escuchar su respuesta. Y cuando a la tercera vez me contaba algo que yo no entendía, cuando gesticulaba y cogía un lapicero y me hacía un dibujo o unos garabatos para tratar de explicarme porque escribir no sabía, cuando se iba enfadando poco a poco y yo creo que hasta acababa gritando; entonces, digo, él cogía la pelliza de detrás de la puerta y me decía levantando la barbilla que se iba a echar unas cartas o un chato, que eso sí que lo comprendí a la primera.

Fueron diez años buscándote.

Yo creo que no tenía culpa. Tampoco él, claro.

O sí.

La Gloria tuvo dos hijos y la Luisa, tres. A los cinco les hice unos pañales con sus iniciales. Cuando regresaba de ayudar en el campo o lo tenía ya todo hecho en la cocina, me pasaba por sus casas con la excusa de llevar unos tomates o unas uvas y me comía a besos a los chicos. Tu padre se ponía enfermo si se enteraba. Por eso lo hacía en secreto. Tenía envidia de sus ruidos, de su trajín, del olor a camada y a mierda. Yo seguía esperando.

Pero ya verás que el parto fue otro.

La primera vez que llegó bebido, me asusté.

La segunda vez, me enfadé.

Las siguientes veces que entró borracho, me daba pena.

Las últimas, miedo.

Cuando por fin se dormía, que era muy rápido, lo volvía a poner todo en su sitio para que a la mañana siguiente no se diera cuenta de lo que nos había pasado.

Pero se daba cuenta.

Despertaba muy temprano. Se iba mohíno y arrepentido al corral. Allí se fumaba un cigarro. Luego entraba a la cocina y abría los armarios para ver lo que faltaba. Fisgaba en la basura. Se acercaba a mirarme. Me ponía una mano en la cara y me decía bonita. Desayunaba conmigo y recogía su plato. Y después, a la hora de comer o a la cena, me traía un ramillete de lavanda o una liebre. Aquella noche de después no salía.

Pero a los dos o tres días, salía de nuevo y volvía peor. Si volvía.

Hasta que hubo una tregua, que significa descanso, intermedio. Lo mismo que cuando el cielo anda jarreando un tiempo y de repente sale el sol. Empezó esa noche en que le dije a tu padre que ibas a venir tú. Que tenía dos faltas y que estaba preñada.

—¿Estás segura, mujer?

—Anda. Pues claro que estoy.

—¿Un hijo?

—O una hija, lo mismo da.

—Yo prefiero un hijo.

—Pues lo que venga.

—Claro. Lo que venga, a ver. —Y después de unos segundos callado, vocalizando muy despacio—: ¿Pero tú estás segura?

—Segura como que mi madre se llama Emérita al igual que yo. ¿No estás contento, Ramón?

—Pues claro, mujer. Pero es que ya pensaba que no valíamos. O sea, que un chiquillo.

—O una niña.

—Un chiquillo. Uno que a lo mejor tiene mis ojos y mi pelo y mis orejas. Y que a lo mejor es listo como un demonio, y se va con su padre de caza, o se te hace furtivo, vete a saber, o acaba en Madrid bien colocado.

Y entonces me cogió y se puso a bailar. Y me dio varias vueltas en círculo antes de acuclillarse y poner las dos manos en mi vientre. Y volvió a hacerme girar y reía. Y me dijo que quién fuera cemento para hacer este monumento.

Lo celebró yendo a la alacena y sirviéndose un orujo.

—Bebe un anís, anda.

—¿Yo? ¿En mi estado?

—Mojarse los labios.

—Pero nada más, eh.

—Mujer. Es bueno para la sangre. Dicen que los hace fuertes. Venga. —Me sirvió un vaso pequeño—. Por el chico.

Y brindamos. Y bebimos ese poco. Tardaría mucho en volver a verle abrir una botella.

Durante un tiempo, tu padre volvió a ser tu padre.

No hacía más que hacer planes a cuenta tuya, que si había que arreglar las goteras, que si habría que avisar con tiempo a Elena, la partera, que si yo tenía que comer el doble, que si te tenía que hacer una escopeta de madera, que si necesitábamos lana para tu colchón, que si haría falta más leña. Era fiebre verlo con la cuna de castaño. Lo mismo que si fuera a venir el diluvio y él tuviera que tenerla terminada antes de que llegara.

Y la terminó, claro. Y salió a celebrarlo al casino después de meses en que no lo pisaba. Y aquella noche perdió varios jornales a las cartas. Y se perdió él. Y vino el diluvio, hijo, pero le pilló por ahí.

Era tu padre. Ramón bebía lo normal. A veces tenía mal vino y se enfadaba mucho. Yo sabía que aquello que entraba por la puerta tambaleándose no era él, que aquel hombre que rompía cosas en casa no era él, que todo eso que pasaba después tampoco era tu padre. Sino lo que se le había metido dentro. Entonces yo cerraba los ojos y pensaba en cómo era la canción de Antonio Machín. Me acordaba del principio, pero era llegar a la tercera frase y quedarme en blanco.

Así que con los ojos bien apretados trataba de recordar.

Y recordaba.

Quién fuera hambre, me dijo en el baile, para darte tres veces al día.

Luego, a los tres meses de que lo encontrasen en un pozo, me naciste tú.

* * *

El cerezo donde enterraron la placenta se pone hasta arriba de flores blancas. A la orilla de tu tumba te han salido unas amapolas rojas. Hago ramilletes y se los regalo a las niñas.

Ayer fui con el hijo de la señorita Mercedes al cementerio. A un cementerio en el que solo te tengo a ti, porque a tu padre su familia se lo llevó a su pueblo, decían, porque este estaba maldito.

Eres la tumba más pequeña y el dolor más grande.

El hijo de la señorita Mercedes me ha preguntado y le he contado lo que pasó. Aunque no todo. Porque si la gente ya habla sin saber, habría que ver lo que dirían si de verdad supieran.

Te miro y me queda la duda de si a ti te parecerá bien que ande con el chico. Que le vista y le peine y le deje ganar al parchís y le diga Currete, como a ti. Que me haga ilusiones con lo que será y le quiera listo y alegre. No sé si una madre también le puede ser infiel al hijo lo mismo que al marido. No sé si estás celoso debajo de la tierra. Un poco como esos hombres que no quieren que su mujer baile con otros.

Tú eres el mismo porque no te dimos tiempo para ser más. Pero yo creo que ahora soy mejor madre, hijo. He aprendido a escribir bien, ya te dije. No dejo que le ocurra nada malo. No le he puesto la mano encima. Ni duermo con él. No hay anís porque la señorita Mercedes no lo bebe. Y Natalio solo se toma dos chatos de vino. Te imagino aquí y te veo seguro.

En media hora como mucho entrará por la puerta, me llamará Eme y me pedirá la merienda a mí y no a su madre. Luego pondrá un rato la televisión y hará los deberes conmigo delante, mientras apaño unas judías verdes con uve. Después saldrá con sus amigos y yo estaré pendiente de la hora. Y mientras viene te zurciré los calcetines y te coseré el bajo del pantalón, porque has crecido mucho en este mes. A la noche me pondrás un dictado. Y luego te rezaré las cuatro esquinitas.

¿Qué quieres ahora de mí? ¿Qué puedo hacer ya? ¿Cuántas personas caben en una tumba tan pequeña?

Ninguna madre está preparada para perder un hijo. Pero lo difícil es tener otro sabiendo una cosa: que vas a perderlo igual.

* * *

Te lo repito. Recuerdo cómo te parí, hijo. Lo recuerdo como si fuera ahora mismo. Pero no me acuerdo de cómo te maté. Y vivo gracias a ese olvido.

En esos tres meses en que tardaste en venir y en tus nueve meses de vida, entendí a tu padre como nunca después de muerto. El peso que aguanta el hombre a la espalda, lo que ha de hacer para mantener una familia, los desvelos para dar de comer y mantener la lumbre viva, el mal vino de que no te alcance el jornal en este pueblo.

Yo estaba preñada de seis meses y acababa de enviudar. Se fue el Ramón. Y como pasa en esas escenas de los payasos de circo, por una puerta se iba una cosa y por la otra entraba otra. Calla, calla. Los payasos.

Me refiero a que se fue tu padre y a que vinieron la soledad (más soledad), el miedo (más miedo), la inseguridad (más inseguridad), las habladurías (más habladurías).

Menos mal que viniste tú tapando bocas.

Te decía que entendí a tu padre como nunca porque yo era tu madre, pero también tuve que hacer de hombre, no creas. Mi madre bastante tenía con mi padre. Tu abuela paterna, mi suegra, me recriminaba que había echado a perder al Ramón. Así que quedábamos tú y yo, Currete. Solos los dos en una casa de adobe. Y yo me acostumbré a tu silencio y tú a mis ruidos. Fuimos ese barro callado.

Te repito que estaba muy cansada, entiéndeme. Que a mí todo se me hacía un mundo sola y que, sin el hombre, una mujer se queda como perdida.

Ojalá me sepas perdonar.

Te daba de mamar, te bañaba conmigo, te llevaba al campo a trabajar en un cesto, te curaba la tos, te hacía la ropa, te quitaba las lombrices, cosía en casa para sacar algo más, me apuntaba al azafrán, limpiaba donde don Ubaldo, que me pedía otras tareas, en fin, ordeñaba, fregaba la ropa a mano en el lavadero, sembraba en el huerto, hacía mangas y capirotes para tener de comer y, al final, tenía que pedir de fiado en los ultramarinos.

Imaginarás que no hubo problemas mientras pedía patatas, legumbres, arenque o arroz. Hasta que el señor Luis, una mañana, me preguntó que para qué quería yo dos botellas de qui-

na San Clemente y una de anís, si le había pedido varias botellas hacía tan solo tres días.

Y yo con que era para mojarte el chupete, mi vida.

Y el señor Luis con que si es que te mojaba el chupete cada cinco minutos.

Y yo con que qué cosas tenía.

Y el señor Luis con que para qué quería además otra botella de anís.

Y yo le decía que para hacer rosquillas.

Rosquillas, decía.

Él me miraba y me las daba y me decía que era la última vez que me fiaba. Pero luego regresaba al cabo de los días, quedábamos en paz en la parte de atrás y me volvía a fiar.

Y es verdad que hice rosquillas alguna vez. Al igual que es verdad que te mojaba el chupete en quina San Clemente, tal y como me enseñaron mi madre y la partera. Aunque luego yo me sintiera muy cansada y muy sola y muy triste y empezara a entender a tu padre.

¿Cómo habría sido todo si tu madre pudiese oír y tuviera coche? ¿O si tu padre trabajase en una fábrica de Madrid y no en el campo? ¿Y qué habría pasado si hubieses tenido a alguien que te cuidara de verdad?

Perdóname, te escribo que me perdones porque ya sé escribir y tú no me sabes leer. Pero de algún modo tendrá que ser que te cuente.

Te decía que entendí a tu padre porque cuando te falta el calor de por fuera buscas el calor de por dentro.

Yo el calor de por fuera hacía tiempo que lo perdí, que ni con tu padre lo tuve, eso sí que te lo tengo que reconocer, ni siquiera cuando te buscaba. Por eso fue lo de buscar el calor de por dentro. Porque el frío te lo dan la soledad, la pobreza y la sordera. Y si empecé a hacer como el Ramón fue porque me ponía más contenta y al menos ese rato pensaba que todo nos iba a ir mucho mejor.

Los tres. El borracho del Ramón. La sorda gigantona que se queda viuda. Y el niño sin padre. Pobres como ratas. En la casa de adobe de las afueras. Y entonces iba a la alacena y lo veía menos negro, hijo.

Creo que fueron los ratos más felices de nuestra vida en familia. Que Dios me perdone, pero no me vi morir sin el Ramón, qué va, al revés. Esos ratos en que te daba el pecho, te cubría con una manta, te echaba en la cuna de tu padre un rato, te acercaba a la lumbre conmigo, notaba el dulzor en la boca, nos entraba un sueño profundo a los dos.

Digo que Dios me perdone y también digo que me perdones tú. Porque a veces me despertaba y ni sabía cuánto tiempo llevabas llorando. Cómo lo iba a saber, hijo.

Luego al día siguiente la vecina me preguntaba qué le pasaba al chico, que eras tú, y yo: pues qué le va a pasar. Y ella con que no eran normales esos llantos de chico, tan largos y tan rabiosos. Decía rabiosos, como los perros. Que a mí me daba un coraje que para qué. Luego le contestaba lo que me parecía y a la noche se presentaba un rato mi madre, a la que le habían ido con el cuento.

Pero al día siguiente volvíamos a estar solos tú y yo.

Supongo que dirían que una viuda sorda no podría, pero yo podía. Y eso que te ponías imposible, Currete, que una madre otra cosa no, pero las cosas las tiene que decir como son.

Te ponías imposible sin venir a cuento y entonces me recordabas a tu padre cuando se iba enfadado al casino. Esos tembleques, ese mal dormir, esa forma de llorar como si te hubiesen quitado algo sin lo que no podías vivir.

Eran los cólicos, digo yo, qué otra cosa iba a ser.

Me dijeron que te pusiera arcilla verde y te la puse. Me dijeron lo del agua azucarada y, a falta de azúcar que ya no me fiaban, yo te echaba unas gotitas de quina. Me dijeron que te abrazara mucho y yo te abrazaba como nunca.

Pero tú seguías llorando, ya te digo, como si te faltara algo.

Y eso que no te oía, hijo. Pero te veía toda la cara roja. Y te acunaba un poco para que se te salieran los gases, los cólicos o lo que fuera que tuvieses dentro como un demonio. Y luego te acunaba un poco más. Y te dejaba en la cuna de castaño de tu padre y después volvía. Y te daba de todo. Y te seguía sacudiendo para que dejaras de llorar. Al principio despacito, luego un poco menos despacito. Porque yo no, pero el pueblo entero te iba a escuchar y ya no aguantaba que hablaran más de tu madre.

Al final te quedabas dormido y te llevaba junto a la lumbre, si es que nos quedaba algo de rescoldo. Y te cubría con una manta y yo descansaba. Creo que fueron los ratos más felices de nuestra vida.

* * *

Hijo, tienes nueve meses y en estos días de diciembre me andas mal de los bronquios. El practicante me ha dicho que te dé friegas en el pecho con un producto nuevo que me ha escrito en un papel llamado vivaporús y que yo no puedo pagar. Como tampoco puedo pagar el azúcar. Ni el pescado. Ni el pimentón.

El ungüento me lo consigue don Ubaldo, al que le he ido con el nombre escrito en un papel. No me cobra dinero.

Hoy he estado limpiando en casa del maestro, en el huerto sembrando acelgas, guisantes, habas y cebollas, he ido al lavadero con dos cestos (uno con la ropa y otro contigo), hemos comido lo que quedaba, te he terminado el jersey, me he lavado las manos, te he dado las friegas y, luego, como siempre, se nos ha hecho de noche a las seis de la tarde.

Hace tanto frío y tenemos tan poca leña, hijo, que hay que hacer lo que sea para calentarnos. A ti te estoy poniendo más ropa ahora mismo. Yo me apaño con menos. Estamos los dos tranquilos en este momento, mirando las últimas brasas. Tú no duermes y me ronroneas por el pecho, pero estás tranquilo. Los ojos se me caen. Huelo a lejía. Estoy muy cansada y me voy a echar un rato la siesta. Hace tiempo que no duermes si no es conmigo. Me miras. Te estoy cogiendo en brazos y te llevo al dormitorio.

En el cuarto hace más frío que en el resto de la casa, pero ya te digo que, si no es en esta cama, no te duermes en otro sitio. Hace tiempo que la cuna de castaño de tu padre solo sirve para meter trastos dentro.

Te pongo en el medio de la cama con un cojín a un lado para que no te caigas y yo me siento en el borde mientras me quito las zapatillas y me pongo el camisón. Me fijo en la ventana mientras. Se mueven las ramas del melocotonero de fuera. Me noto las manos heladas y los mofletes rojos. Te pellizco los tuyos. Una vez. Dos. Tres. Hasta que también cogen un poco de color. Tú ahora me agarras muy fuerte el dedo de señalar. Sonríes.

La bombilla que cuelga del techo da una luz muy débil. Solo cuando pasa un rato te veo con más claridad. No te pareces a tu padre. Tienes tres dientes. Dos lunares encima del labio. Tu pelo es más claro. Debes de oír bien, porque doy una palmada fuerte y te asustas.

—No llores. Ya, Curro. Ya, ya, ya, vida.

Me río. Te estoy haciendo una pedorreta en el cuello. Vuelves a reír. Bien.

Ahora te voy a tapar bien tapado y me voy a acurrucar a tu lado. Lo hago, me meto dentro y aprieto el interruptor de pera para apagar la luz.

Noto tu braserito, tu pataleo y tu manoteo. Yo creo que tú también sientes mi calor. Nos arrimamos el uno al otro. Me giro de lado. Hueles a leche y a menta. Con un brazo te cubro, lo mismo que si fuera una tienda de campaña de los indios. Entra la luz de la calle y te da en la cara. Todavía tienes los ojos abiertos, bribón.

De repente, me he despabilado y se me ha quitado el sueño. En este momento estoy pensando que tu padre dormía en el mismo lado que te has cogido tú, en que el martes hará un año que el Ramón murió y en que mañana tengo que ir al ultramarinos a comprarle al señor Luis, a ver si me fía una parte.

Toses.

No sé cómo suena tu pecho, hijo, pero sí cómo se hincha y se deshincha: mismamente como cuando va a parir una oveja, igual que si dentro tuvieras un fuelle que se moviese solo.

Toses y toses y toses y se te caen dos lagrimillas del esfuerzo. Ojo con las flemas.

Te pongo de lado.

Te coloco otro cojín detrás.

Ven con tu madre.

Te estoy rezando muy bajito y Dios te salve, María. Ahora te voy a dar un beso en la frente y bendito sea el fruto de tu vientre, Jesús. Tengo la ventana a mi espalda y ruega por nosotros pecadores. Mientras te beso y te miro embobada, se te reflejan las sombras del árbol en la cara, ahora y en la hora de nuestra muerte amén.

Estoy mirando las sombras no sé ni el tiempo. Entonces me duermo.

Estoy profundamente dormida. Ahora mismo no sueño con nada, Currete. Lo que debe de significar que he caído como un ceporro. Un ceporro sordo, que debe de ser más ceporro que ninguno.

Ni idea de lo que tú andas haciendo mientras yo duermo. Ni idea de en qué sueñas. Ni si sueñas. No sé si ahora estás tosiendo o si me necesitas. Si quieres más friegas o vuelves a tener hambre.

Porque estoy dormida como una muerta, te digo. Igualita que una muerta que ni siente ni padece, hijo.

Me despierto y me siento descansada. Cómo necesitaba esta siesta. Ha debido de ser tan profunda que ahora mismo no sé muy bien dónde estoy.

Es una sensación que me va a durar nada más que cinco o seis segundos. Luego ya sí sabré.

Estoy en la habitación de la casa. Es diciembre. Me he acostado la siesta con el Curro. Han debido de ser casi dos horas porque se nos ha terminado la leña. Nos falta un poco de todo. Pero nos tenemos tú y yo.

Siento algo debajo. Es algo tibio y pequeño. Me estoy incorporando y llevo mi mano hasta ahí.

Y la mano toca y palpa y recorre y reconoce y doy un salto hacia atrás.

Se me acelera el corazón y me va a estallar el pecho. Me falta el aire. Sudo de un modo extraño. Me mareo.

En un segundo me pasará todo eso.

Y en dos habré encendido la luz, pero se me habrá apagado el mundo.

Estoy recorriendo la manta y te estoy viendo. Un bebé blando, dado la vuelta, un bebé pálido como la harina. Un bebé de ocho kilos aplastado bajo más de ochenta.

¿Qué te ha pasado? ¿Cómo no te has defendido de tu madre? ¿Vas a toser?

Tose, hijo. Todavía hueles a vivaporús y a leche. Tose.

Grito. Más. Y más fuerte.

Son diez minutos los que llevo gritando de rodillas en la cama moviendo tu cuerpo. Zarandeándolo. Soplando por tu boca. Golpeándote el pecho.

Grito como si echase la placenta por la garganta.

No sé cómo estoy gritando porque no me oigo. Pero la boca me sabe a sangre.

Estoy gritando como una loca, hijo. Como una sorda. Y te agito. Y te muevo en el aire. Y tienes la cabeza caída a un lado como un oso de tela.

(Él y ellas)

Aquella remota mañana Tomás me dijo que tuviera cuidado con la Emérita, pero la verdad es que la que tenía que tener cuidado era ella conmigo. Y no solo porque le sisara alguna peseta del monedero o le pusiera unos dictados cada vez más feroces, sino también porque no la dejaba descansar con mis excursiones más allá de los almendros.

Mi madre ya había tirado la toalla y me daba rienda suelta. Pero la señora Emérita no se resignaba y se consolidaba en su vocación de escolta. Lo que les pasara a mis hermanas no le incumbía del mismo modo. La posibilidad de que a mí me ocurriera algo —un hueso roto, un extravío por el monte, un accidente— le concernía hasta lo más profundo y hacía que viviera en vilo cada vez que no me veía.

La laguna. El pueblo de al lado. El molino viejo que se caía a pedazos. Yo creo que esa mujer me habría seguido en zapatillas de andar por casa hasta el río Pecos, que ni idea de dónde estaba, pero que seguro tenía indios acampados.

Y si había indios acampados, había flechas.

Y si había flechas, ay, la Emérita se habría puesto en medio para que no me dieran. A pecho descubierto. Con los pies hinchados como odres después de tirarse un tiempo buscándome por el pueblo y los caminos.

Más allá del culo de Sarita, fue el primer cuerpo femenino al que me enfrenté. Esa tarde en que la vi desnuda, tuve la misma sensación de pecado mortal que cuando le vi el pelo de la cabeza a mi tía la monja.

Venía de jugar al fútbol en la era blanca con el Dos Velas, entré corriendo al cuarto de baño, empujé la puerta sin llamar y allí estaba ella, saliendo de la bañera como si fuera un hipopótamo en un documental. Fueron solo unos segundos. No pude separar la vista y ella se ajustó sin prisa la toalla por encima de los senos.

Los tenía muy grandes y caídos. A mí me recordaban a dos botas de vino de las que colgaban en la bodega, solo que del revés: con la boquilla hacia abajo. Me puse tan rojo que hasta me pareció que se iluminaban los azulejos. Pero seguí repasando su cuerpo. Ella se rio un buen rato mientras se secaba sin ocultarse.

—Pues, hijo, ni que hubieses visto un fantasma.

En los atlas escolares que hay colgados en la escuela a la vista de todos, las cordilleras están pintadas de marrón oscuro, las mesetas son amarillas y los ríos son esas líneas irregulares, generalmente azules, que acaban llegando al mar.

Yo entonces pensé que un cuerpo desnudo como el que tenía delante era lo mismo que un mapa. Uno desconchado que te contaba cosas que de otro modo no veías. Tantas que, si te fijabas bien, te indicaba en qué región había acampado el dolor, las cicatrices de las guerras pasadas, los accidentes biográficos en vez de los geográficos.

Del mapa de mi hermana Vero hablarían sus quemaduras. Del mapa de Isa hablaría una brecha que se hizo en la frente al caer dada la vuelta. Lo mismo que del mío decían un montón de cosas mis rodillas marcadas. El de la Eme —el mapamundi que era su desnudez a lo bruto— incluía aquel escapulario de la Virgen del Carmen que no se quitaba jamás, una piel pálida y con venitas verdes, las marcas pequeñas que le recorrían la espalda y el abdomen como rueditas de tractor.

—Toca aquí, Currete, que no muerde —me cogió la mano y me la puso sobre una marca curva.

Toqué. Con miedo.

Cuando la volví a ver, yo ya sabía que ella era mucho más que lo que estaba a la vista. O mejor: que ella era precisamente lo que no veíamos. Lo que no contaba. Lo que no imaginábamos. Y que eso que decían de que el dolor va por dentro también se refería a la piel física. Por eso se vestían las personas: para que no nos hurgasen en las llagas y nos hicieran recordar.

Esas marcas me dieron yuyu. Y su recuerdo me acompañó durante un tiempo.

Aquella noche le pregunté a mi madre. Y ella me contó lo bastante como para que no le preguntara sobre lo importante.

* * *

Los últimos meses del curso fueron una cuenta atrás acelerada, igual que una cuesta abajo. Como si cada día se fuesen derrumbando cosas importantes y seguras.

A pesar de las señales evidentes, hacía planes con mis amigos como si nuestros lazos fuesen eternos.

—¿Vas a pedirle salir a la Sufragio?

—A lo mejor al año que viene.

—Dicen que el curso que viene es superdifícil.

—Pues ya verás las divisiones con llevadas.

Un niño en su sano juicio quiere que termine el curso escolar. Yo deseaba que no acabara jamás. Lo deseaba con ansiedad. Lo mismo que el que suplica cada noche que lleguen los Reyes Magos o que no se le muera el hermano enfermo.

Porque en aquel final había algo de irremediable y de trágico. Y no era cerrar una puerta o un libro, cosas que puedes volver a abrir de un manotazo. No. Era enterrar algo y sellarlo para siempre. Algo que, aunque volvieras a desenterrar pasado un año o dos, ya no iba a ser lo mismo porque habría cambiado sustancialmente: Vicente Jesús ya no sería aquel Vicente Jesús; Gregorio ya no sería Gregorio; Sufragio tendría novio formal; habría habido otras elecciones y yo no habría metido la papeleta.

Era enterrar algo que te estaba dando la vida en esos meses en que la infancia se asoma a la pre-a-do-les-cencia (que era la forma en que mi madre tenía de llamar a la pelusilla). Algo que había que amputar de golpe porque les daba la real gana a los mayores. Un final con salto adelante. De bisagra definitiva. Porque en otro sitio podía hacer nuevos amigos, estrenar nueva casa, tener calefacción central, ir al Calderón los domingos, sí. Pero hay cosas que no te puedes llevar. Y más a esa edad en que no das abasto recogiendo.

No había que ser muy listo para darse cuenta de lo que estaba pasando. Pero lo mismo que la Eme no podía oír, yo no quería ver.

No solo era que la leña se hubiese ido terminando y mi padre ya no se ocupara de hacer acopio cuando venía los fines de semana. Era el lento peregrinar de los vecinos que venían a despedirse y el progresivo declinar de la vida en el huerto. Dejar morir algo adrede.

Yo seguía siendo un niño, pero aprendí una cosa: cuando llegas a un sitio, lo haces de repente, pero tardas un montón en irte.

Te vas poco a poco.

Primero se van las cosas, porque las guardas y ya no las tienes a la vista.

Luego se van las gentes que despides y a las que les das las señas.

Y solo al final te vas tú.

Pero no físicamente el mismo día en que te marchas, qué va. Sino poco a poco, con el lento paso de las semanas, los meses o los años. Estás en la casa nueva a la que has llegado, pero solo estás a medias. Porque la otra mitad sigue allí en la casa vieja y necesita su tiempo. Y cuando llega esa otra mitad a juntarse con la otra media, lo hace como destemplada y sin saber el lugar ni la hora. Como si una parte del alma tuviera *jet lag*, que es un tipo de sueño atontado que le entra a la gente rica que vuela.

Las habitaciones se nos fueron llenando de cajas de cartón del ultramarinos, donde mis padres fueron metiendo libros, ropas, adornos, cubiertos.

A mí todo aquel embalaje me recordaba al arca de Noé, solo que no venía un diluvio, sino los cuarenta grados del mes de julio. Y no nos íbamos para salvarnos de ninguna «cólera divina», como decía el catecismo, sino porque mis padres estaban emperrados con Madrid.

Entonces pregunté lo «evidente» y me contestaron lo «obvio» (sinónimos de las fichas de lengua).

—¿Nos vamos?

—Nos vamos a Leganés, sí. Definitivamente.

—¿A Leganés?

—Con papá. Así estaremos todos juntos.

La conversación se alargó por un rato. Mi madre me iba contestando rápidamente a todas las preguntas al igual que una metralleta. Como si se hubiese armado a conciencia para ese momento y tuviera respuestas para todo.

—¿Y el colegio?

—Vas a ir a uno en el barrio de San Nicasio.

—¿Y tú?

—Voy a dar clases en el mismo colegio al que vas a ir.

—¿Y las hermanas?

—También.

—¿Y mis amigos?

—Vendremos a verlos todos los meses si quieres.

—Si ya no tenemos casa...

—La señora Amparo nos ha ofrecido camas en la suya si queremos pasar el fin de semana.

Digo que mi madre iba contestando rápidamente a todo hasta que le hice aquella pregunta que me iba agarrando del cuello como un karateka enfadado. Una pregunta que dejé a propósito para el final porque de ningún modo quería escuchar la respuesta.

—¿Y la Emérita, mamá? ¿Qué pasa con la Emérita?

Entonces guardó silencio, levantó la mirada de la caja en la que estaba metiendo varios tomos de la Larousse, dio un suspiro prolongado y se encogió de hombros sonriendo resignada. Luego la cerró con cinta de embalar. No digo la sonrisa, que también. Sino la caja.

Fue la primera y única vez que lamenté tener padre, porque él tenía la culpa de que nos fuéramos.

Pensé que aquel deseo de muerte era otro pecado y de los gordos. Y que crecer debía de ser eso: ir acumulando tres o cuatro pecados mortales cada día, lleno de rabia, hasta que perdieras la cuenta.

Yo no quería ir a mejor, como decían mis padres.

Simplemente no quería ir.

* * *

Si al llegar a aquel pueblo unos años atrás me hubiesen preguntado, yo todavía me habría encogido de hombros. Habría dicho que me daba igual. Que lo que ellos dijeran. Porque a mí me bastaba con ellos dos, con lo que me cabía en los bolsillos, con lo que me diera la tarde ahí fuera, con lo que había dentro del bocadillo, con lo que echaban por el televisor.

Pero por aquel entonces no me preguntaron.

No me preguntaron por aquel entonces ni tampoco más tarde.

Si lo hubiesen hecho más tarde, si ese día que vendría tiempo después me hubiesen preguntado, les habría contestado que no. Que ya no me daba igual. Ni me bastaba con ellos dos ni con lo que echaban en televisión.

Pero no me preguntaron.

No lo hicieron por si acaso.

Me preguntaban por los golfos de España, por los huesos del yunque y el martillo, por la tabla del siete, por la biosfera, por los diez mandamientos, por las llanas y las agudas.

Pero no me preguntaban por Leganés.

Me iban a llevar lo mismo que se llevan los libros en cajas o los tiestos o la ropa doblada y planchada o la cubertería o los dedos de sus manos o sus piernas.

Los padres te llevan como si fueras parte de ellos mismos. Te dicen que todo es por ti, hijo. Que todo lo que hacen es por ti. Y te cortan por la raíz lo mismo que a un bonsái. Por eso creces mal. Y luego te llenas de bichos.

* * *

Fueron los mejores meses de mamá en el pueblo. Estaba contentísima, muy pendiente de nosotros, volvía a arreglarse, bromeaba con mi padre, ya estaba pensando en cómo decorar la nueva casa. Como si regresar al lugar donde estudió su carrera y del que salió para empezar a dar clases por esos pueblos de Dios fuera como pillar una de catorce, un triunfo, el objetivo del juego. Al igual que cuando en el parchís llegas a la meta y ya nadie te puede comer. Las cinco fichas de la familia juntas y a salvo. Por fin.

El problema era que no éramos cinco fichas, sino seis. Y nosotros íbamos a dejar fuera a la ficha más lenta de las seis, a la que solo sacaba un uno o un dos tirando el dado, a la que tenía peor suerte, a la que era más fácil de comer. Como cuando los lobos de Félix Rodríguez de la Fuente daban caza a la presa más débil.

—¿Y la Emérita, mamá? ¿Qué pasa con la Emérita? —le volvía a insistir a mi madre por la noche.

Y ella me decía que volvería a la casa que tenía en las afueras y que, por supuesto, estaba invitada a venir a vernos a Madrid cada vez que quisiera, y que mantendríamos el contacto en cualquier caso, y que ella lo entendía perfectamente y que desde el día en que la cogimos para cuidar de mí, ya sabía que esto era cuestión de tiempo.

Eme y yo.

Poco después de aquella conversación, salimos juntos como hacía tiempo que no lo hacíamos. Quedaba una semana para terminar el curso, no oscurecía hasta pasadas las diez de la noche, mi padre y mi madre iban a Leganés y venían después de llevar trastos y cajas, Isa se subía a los árboles y se quedaba pensativa, Vero trataba de ser positiva con Madrid: «Tonto, te va a gustar». Así estaban las cosas, cuando la Eme —a esas horas en que el calor empezaba a aflojar— me preguntó si la acompañaba a dar un paseo.

—¿Por dónde? —le dije por decir.

Me contestó sonriendo.

—Más allá de los almendros.

Por aquel entonces, y cada vez más, a la señora Emérita solo le concedía gestos de cariño en la intimidad de la casa. Porque yo ya iba teniendo una edad, y Tomás y el Pirracas me decían que darle la mano así a una mujer mayor era de maricas o de niños pequeños. Y yo estaba haciendo todo lo posible para no ser ni una cosa ni la otra, y más después de lo de las bragas de ganchillo.

Pero aquel día no sé qué me pasó que le ofrecí la mano nada más salir por el porche sin importarme lo que dijeran. Y ella me miró como si le estuviese diciendo te quiero mucho o incluso peor. Y me la cogió como si fuese a dar un salto muy grande y necesitase de esa mano muy pequeña para espantar el miedo.

Y cruzamos así por la plaza, por el casino, por la escuela, por la era, por el depósito, como si ella presumiese de hijo o de novio, que en su caso ahora pienso que era un poco lo mismo.

Aquel último paseo fue un desfile de la victoria, como cuando salen militares andando muy tiesos por televisión. No recuerdo ni una sola frase suya, ni un solo gesto, ni tan siquiera el recorrido que hicimos hasta que se metió el sol. Solo recuerdo esa mano que no me iba a dejar caer jamás allá donde quiera que fuera. Solo me acuerdo de esa mano áspera y de que la Eme, de vez en cuando, tarareaba una canción de Antonio Machín.

Yo pensaba que nos la íbamos a ganar, porque era bastante tarde cuando regresamos. Pero nada más abrirnos la puerta, mi padre le dio un abrazo hondo y prolongado, como si nos hubiésemos perdido, cuando era justo todo lo contrario.

Cenamos en una cocina medio vacía. Luego estuvimos callados viendo un concurso. Cuando me fui a la cama, la Emérita se había quedado dormida con la cabeza de lado, igual de torcida que el padre de Tomás.

Con la luz apagada, supe cuál iba a ser mi suerte.

Con esa mujer y en aquel pueblo, había descubierto la democracia, la papiroflexia, la desnudez femenina y la masculina, las fronteras de fuera y las marcas de dentro, los niños muertos y que madre, lo que se dice madre, no hay más que dos. Y que si yo estaba destemplado y perdido como con *jet lag*, era porque me iba a quedar huérfano de una.

* * *

Las blandas resultaron ser muy duras.

Eso debía ser crecer, que te pasase lo mismo que al pan. Que recién hecho está blando y caliente y que, con el paso del tiempo, en cuanto te descuidas, se vuelve una piedra dura y fría a la que no hay modo de hincarle el diente.

Vero era esa piedra de tamaño mediano. Ya no se chivaba. Ya no vomitaba. Ya no jugaba con los recortables. En las conversaciones nocturnas, interrumpía si la cosa tomaba un derrotero delicado, daba respuestas a cosas que yo creo que ni sabía, valía más por lo que callaba, nos daba moral, nos hacía ver que papá y mamá sabían lo que hacían y casi siempre era la que apagaba la luz o mandaba callar. De algún modo, pasó a ser el brazo de mi padre y de mi madre en aquella habitación infantil. Era la que más sonreía cuando se besaban. Y hacía por dejarles solos si veía que la cosa prometía.

—¿Y por qué me tengo que ir a la calle?

—Bobo, porque la cosa promete —decía. Y se quedaba tan ancha.

El caso es que iba. A veces con Isa.

Isa no era piedra-piedra, sino más bien terrón. Uno de esos que aparentan rudeza y que tienen muchos cantos dentro, pero que, luego, si les das una patada o los espachurras, se desmoronan enteros. La toma de galones de Vero nos acercó un poco a Isa a mí, que no solo éramos dos soldados rasos, sino dos soldados rasos de liarla parda. Le estaban saliendo las tetas, pero ella como quien oye llover. Nada. No llevaba sujetador, se despelotaba en el baño, miraba con extrañeza el comedimiento de Vero con los cambios de su cuerpo. Si a mí me podían acusar de chica por mi infancia con bragas, creo que a Isa, por bastantes cosas, se la podía acusar de ser un chico. A lo peor es que mis padres se confundieron de cuerpos.

—Isa, ¿tienes novio?

—No. ¿Y tú?

—Yo tampoco tengo novia.

—A mí me dan asco los chicos, creo —se encogió de hombros.

—¿Y Vero tiene novio?

—Qué va.

—Se cree muy mayor ahora Vero.

—Muy mayor.

—Y creo que quiere irse a Leganés... ¿Tú quieres ir a Leganés, Isa?

—No sé, David. A veces lo que quiero es irme a otro planeta.

Y se subía al árbol. O se ponía boca abajo haciendo el pino. Y de ahí no la sacabas hasta que a ella le daba la gana de hablar.

—¿Te sigues gastando la propina para verle el culo a la Sarita?

—Ya cerró el culo.

—Hijo, lo dices como si fuera una tienda.

—Díselo a ella —sonreí. Y ella, conmigo.

—¿Me prometes que si te cuento una cosa no te vas a reír, enano?

—Prometido.

—Ayer me confundí y me puse unos calzoncillos tuyos.

Reímos un buen rato. Comparamos Leganés con el pueblo y convinimos que el pueblo era mejor. Le arrancamos las patas a varios saltamontes. Oriné en un hormiguero. Nada más llegar a casa, le casqué el secreto a la Emérita: nunca supe qué calzoncillos fueron, porque Isa siempre me negó aquella confesión.

El caso es que la Eme las seguía llamando las blandas, como si fueran Las Baccara. Yo pienso que ya solo por darme satisfacción.

Una piedra indestructible.

Un terrón con grietas.

A saber si yo era un azucarillo con tanto pasteleo que me traía.

Por ejemplo. Durante días fui recorriendo el pueblo como el que hace una lista antes de una mudanza. Porque yo no quería que todo aquello se olvidara o se quedara allí sin más.

A veces lo hacía solo. Con cualquier excusa. Y revisitaba los lugares en los que había hecho un descubrimiento o una conquista. Si el libro de historia de Edelvives decía que Pizarro quedó impactado al llegar a Perú, a mí me había ocurrido lo mismo al entrar al ultramarinos y ver bacalao «de Noruega» colgando del techo, al entrar en casa de Tomás y conocer el hielo, al llegar a la era blanca y afrontar el duelo.

Me solía llevar al Fliqui, tardaba hasta una hora en regresar y llegaba a casa con el dedo índice tiznado de blanco de tanto ir pasándolo por las paredes cubiertas de cal. Mi madre me preguntaba que dónde había estado y yo le decía que por ahí.

Era una tristeza infantil, que es todo lo contrario de pequeña.

Hablaba menos, me molestaba la alegría del inminente fin de curso, me daba igual el color de la habitación de Leganés, los tebeos de mi padre, el barco de los clicks que de repente apareció a los pies de mi cama envuelto en papel de regalo verde. Y terminé generando esa envidia insana contra la que me había alertado mi madre: Gregorio, Vicente Jesús, Sarita, Tododieces, el Pirracas, el Dos Velas, Sufragio, todos se iban a quedar en el pueblo y yo no.

Era como cuando, en los dibujos animados, la Pantera Rosa caminaba con un oscuro nubarrón encima para ella sola: fuera donde fuera, la mala sombra no se iba.

Me dio por pensar que para mí todo fue mejor cuando a mis padres les iba peor. Que yo fui más feliz cuando mi padre me mandaba lejanas postales y mi madre solo era la señorita Mercedes en vez de mi madre, cuando tuvieron que llamar a la Emérita para salvarnos y la felicidad de mi familia no consistía en irse a Madrid, sino en corregir por la noche calentitos alrededor de una mesa camilla o en comerse una ficha y contarse veintidós o veintitrés.

Me habría gustado hablar con ella, guardar en la memoria una larga conversación con la Eme en la que aquella mujer que me había enseñado el amor a espuertas me hubiera dicho que no me fuera, que me quedara con ella en el pueblo, que no la dejara por nada del mundo.

Porque yo entonces me habría quedado. O habría tratado de hacer algo con Isa como aliada. O, como poco, me habría cagado encima para que mis padres supieran que esta vez sí me iban a fastidiar la vida.

Pero apenas hablamos en los últimos días. Ni volvimos a pasear a solas. Ni puedo transcribir aquí una conversación de varias páginas en las que ella me dijera todo lo que necesitaba oír. Porque, además de sorda, es como si se hubiese quedado muda.

Me miraba en el cuarto de estar y me sonreía con los ojos. En la calle desistió de acercarse ni de lejos. Ella se limitaba a hacerme mis bocadillos favoritos, conformarse con el dictado nocturno y a esperar después mi veredicto con una ilusión de niña.

—A ver, a ver qué nota me pone hoy el Currete —solía decir, removiéndose en el asiento. Vero le ponía frases sacadas de un libro de dictados que guardaba mi madre. Isa inventaba historias salvajes donde mezclaba animales, monstruos y asesinatos. Yo al final ya le ponía una retahíla de palabras sin sentido alguno. O con todo el sentido del mundo: «Los imbéciles abandonaron las aceitunas sin hueso y la liebre desollada...».

Luego aquel silencio.

Fue como si la Eme supiera que aquella conversación pendiente nos fuera a causar daño y, haciéndole un último servicio a mi madre, tratara de ponerse en medio con su silencio de más de ochenta kilos, al igual que se puso en el medio cuando el Pirracas con los petardos.

Si algo tenía que estallarle entre las manos, entendí después, sería cuando se hubiese quedado completamente sola.

* * *

El único día en que me dijo algo fue aquella tarde en que la señorita Mercedes nos dio las notas finales. Las mías eran bastante buenas, pero a esas alturas me daban completamente igual: llegué a pensar que, si hubiese sacado unas notas horrorosas, a lo mejor me habría quedado a repetir curso en el pueblo.

—Enchufado, menudas notas que te ha puesto tu madre, ¿eh?

—Enchufado tu padre, que parece una vespino rota.

A Tomás le dio por reírse con ganas y a mí, por echar a correr cuesta abajo sin quedarme a celebrar ningún final.

Salí más enfadado que triste en el último día de colegio. Entré a casa, di un portazo, me tumbé en el suelo al lado del Fliqui y le agarré por detrás para sentir su respiración, algo que me tranquilizaba. Al rato me levanté y dejé la cartilla de las calificaciones doblada sobre la mesa, como si fuera un tipi indio o una pajarita. Si hubiese sido invierno, creo que las habría tirado a la estufa. Pero estaba más apagada que yo.

Entonces apareció la Emérita muy expectante con un delantal puesto, dejó el cuchillo sobre la mesa, cogió las notas, se puso las gafas que le había comprado mi padre hacía dos meses, dejó caer todo su cuerpo en el sofá de escay y, a medida que iba bajando la mirada, asentía.

Al llegar al final del todo, tenía una sonrisa de orgullo. Solo leyó en voz alta lo que había puesto la señorita

Mercedes en el epígrafe observaciones: «Has hecho un buen trabajo. Ya le puedes dar las gracias a tu madre, pero sobre todo a la señora Emérita, que es una santa».

La Eme se levantó, me dijo muy requetebién y me pellizcó en la mejilla con la mano a la que le faltaban dos falanges. Luego se fue a su habitación y vino muy contenta con algo envuelto en papel de estraza.

—Es para ti. Ábrelo.

Lo agité. Lo olí. Estaba recién lavado, le había recosido los ojos y metido relleno.

—¿Qué vas a hacer sola, Eme?

—¿Cómo?

—¿Que qué vas a hacer sola? —repetí levantando la voz, como si ese fuera el problema o no me hubiese entendido a la primera.

—¿Sola dices?

Asentí.

Ella se encogió de hombros sin dejar de sonreír.

En ese instante entró mi madre con Vero, vio a la Eme con las notas en la mano y a mí con el oso de trapo cogido de una pata. Nos observó un instante, se llevó las manos a las mejillas como midiéndose la temperatura de los carrillos y suspiró entre muy contenta y muy abatida.

—¿Quién quiere que hoy hagamos algo muy especial?

Solo contestó el Fliqui.

* * *

El algo muy especial fue una cena a base de huevos con patatas fritas, salchichón del bueno en el medio, Fanta y un corte de helado de nata, chocolate y fresa.

Mis padres habían sacado la mantelería de las Navidades y encendido unas velas como para despistar. Porque yo ya sabía que, a veces, en mi casa, cuando había mala conciencia, se ponían a comer como si se celebrara algo y así, con la tripa llena, se les fuera a olvidar lo que le pasa al corazón.

Mi padre sacó una botella de licor a los postres, que era su forma de decir que era un día especial. Le ofreció a la señora Emérita y esta se negó hasta por dos veces. A la tercera, retiró la mano del vaso y mi padre le echó un par de dedos. No los probó. Isa preguntó qué se celebraba y mamá dijo que no se celebraba nada y que se celebraba todo.

—Las notas —añadió sonriendo.

Luego mamá nos pidió que fuésemos al cuarto de estar porque tenía una sorpresa.

Una vez que todos estábamos sentados, sacó el sobre de un cajón. Se lo entregó a la señora Emérita. Esta frunció los labios y se puso las gafas que guardaba en el bolsillo de la bata. Después lo abrió. Mi madre había escrito: «Señora Emérita».

Era una cartilla de notas como las del colegio. Solo que, donde decía «ALUMNO» y dos puntos, la señorita Mercedes había puesto con una caligrafía bellísima: «RODRÍGUEZ PÉREZ, EMÉRITA».

Todos asistimos a ese momento imborrable con el aliento contenido, como si algo fuese a explotar o pudiera quebrarse lo mismo que una finísima copa de cristal. Si tuviera que decir la cara que puso esa mujer cuando leyó aquello, yo diría que puso la misma cara de una chica joven cuando por fin es sacada a bailar.

Me habría gustado ser ella en ese instante, quedarme en ese edificio de carne y hueso un rato, ser sordo ese instante nada más, cambiarle el oso por las notas. Las de aquella alumna que apenas había ido a la escuela era la mejor idea que había tenido mi madre jamás.

La señorita Mercedes se había inventado un montón de asignaturas (paciencia, trabajo y otras que no recuerdo) y en todas había calificado a la Eme con sobresaliente. Lo mejor estaba al final, en el apartado observaciones, donde la maestra rural quiso poner tantas cosas que fue empequeñeciendo la letra hasta convertirla en fila de hormigas.

«Querida Emérita, han sido unos años maravillosos. Necesitaría una carpeta amarilla llena de folios como la suya para poder escribir todo lo bueno de usted. Su presencia ha sido un regalo, una enseñanza, una garantía de tranquilidad, una suerte y un estímulo. Yo solo le puedo dar un diez. Aunque estoy convencida de que su niño de los dictados, ya sabe, le pondría un veinte. En esta familia, usted ha sido la maestra, la amiga, la madre y la señora. Gracias infinitas, Emérita. Le voy a tener que estar dando las gracias toda la vida. Fdo: Mercedes».

* * *

Yo había estado en otros pueblos de los que me había ido sin parecer un lloricas. Así había sido varias veces: mi madre tenía una nueva plaza, hacíamos el equipaje y nos íbamos, sin más. Viajaba contento y a salvo porque «mi patria», como decía mi padre, cabía «en un utilitario pequeño». No solo es que con cada nuevo destino nos acercáramos más al puñetero Madrid, o sea, a mi padre. Sino que, de algún modo, también sentía que todas las cosas imprescindibles para mi vida estaban en ese coche: mi madre, mis hermanas, mis cosas, mis tebeos.

Pero llega una edad en la que te das cuenta de que hay un tam-tam apache que te llama, una edad en la que amplías esa patria que decía papá. O, directamente, la cambias.

Y entonces sales y compruebas que las cosas imprescindibles no tienen necesariamente tu sangre, ni tu apellido, ni tu mismo techo, ni el mismo destino que tu madre. Lo de fuera empieza a ganarle terreno a lo de dentro. Tu casa es un espacio borroso como un día de niebla que va desde los caminos hasta las riberas. Tu familia son también los amigos, un tendero cojo, los gatos del vecino. Y las lecciones no son cosa de una maestra, sino de una sorda o de una niña que te cobra un duro por enseñarte el culo.

Si te vas de ese lugar que acabas de conquistar, si abandonas esa patria con unas fronteras que has pintado tú a mano, digo, entonces estás perdido.

Fue justo en aquellos años.

Por eso lo de irnos me producía un agobio nuevo y salvaje, uno que no había sentido jamás y que me provocaba taquicardias, asco y ganas de romper cosas.

—Ya está todo lo tuyo en el coche —me dijo el último día mi madre.

Todo lo tuyo.

Me dijo todo lo tuyo y yo me quedé masticando las tres palabras como si fueran un chicle.

Todo lo mío.

Escupí.

Le habría contestado que todo lo mío no estaba en el coche, que lo más importante no cabía en el maletero.

Escupí de nuevo.

—¿Y a qué te vas a Madrid?

—Al nuevo colegio de mi madre.

—¿Y ya no vas a volver?

—Pues claro. Todos los meses por lo menos dos veces. Anda este.

—Seguro que no vuelves.

—¿Qué te juegas, Tomás?

—¿Os lleváis a la sorda a Madrid?

—No. Mi madre dice que en Leganés no nos hará falta, porque ya estaremos todos. Y la sorda se llama Emérita.

—¿No os cabe en el coche?

—Gregorio, vete a la mierda.

—Y tú a comerla.

El último fin de semana antes del piro, mi padre llegó como si fuera un ansias. Entre el sábado y el domingo, terminó de empaquetar lo que quedaba, vendió el coche de mi madre tal y como había apalabrado con don Eladio, lavó al perro con una manguera para que no le llenara el suyo de pelos, invitó a medio casino a una ronda y creo que hasta le hizo el amor a mamá.

—¿Nos acompañas?

—¿A dónde, papá?

—A llevar *esto* a *su casa*.

Esto era una maleta antigua y un bolsón de cuadros. *Su casa* era la casa de la señora Emérita.

Dije que no con la cabeza.

Entonces mi padre cargó los dos bultos en el maletero y le abrió la puerta del Simca 1200 a la Eme. Atrás se subió Isa, que me saludó haciendo burla.

Me quedé sentado en el porche con los codos sobre las rodillas hasta que regresaron los tres a la media hora. Cuando atravesaron la puerta, ella detrás de él, mi padre confirmó lo inevitable.

—Bueno, pues ya está todo, Mercedes.

* * *

No me acuerdo del motivo.

No sé si fue porque me reí del borracho del pueblo, dije algo del padre del Gregorio o insulté a aquellos payasos del circo más hijo de puta del mundo. Pero sí recuerdo perfectamente la filípica.

—Para entender bien las cosas —me dijo aquel día—, hay que mirar todo el potaje desde lejos.

El suyo era de garbanzos, berza, arroz y bacalao del señor Luis. El del pueblo era de cosas que no podían comerse.

Y a eso fui la última noche.

Visto desde la distancia en medio de la oscuridad, el pueblo me recordaba a una galaxia recién encendida. No sentía calor, ni pena, ni sueño, ni miedo. Solo un nudo de nervios aquí abajo. Aquí, sí. A solas me dio por pensar que esas luces desiguales éramos todos y cada uno de nosotros, que podíamos apagarnos de un soplido igual que las tartas de cumpleaños y que, a lo peor, la Emérita se apagaba en cuanto nosotros nos fuéramos.

Dieron las once en el campanario. Seguí mirando un buen rato aquel potaje de luces, tejados y cables.

Se adivinaba el paso a nivel del tren. Ese tren que se nos cruzó el primer día como una liebre y como una premonición. Un tren que pasaba de vez en cuando y que tenía su peligro. Pensé que el mío se iba, pero que el de la Eme no iba a pasar nunca. Como sucede en esa canción de *Penélope* que cantaba un tal Joan Manuel y que ponía a todo trapo mi madre en un radiocasete que le había regalado papá después de otra bronca.

Se adivinaban las zonas prohibidas, esas lindes a las que hay que ir para crecer. Los pozos sin brocal que podría situar con los ojos cerrados. Las casas de labranza vacías y con telarañas. El depósito. Los cepos y los venenos que no se ven.

Se adivinaba el ultramarinos en un lado de la plaza, un ultramarinos que para mí había sido como un quiosco, un museo o un libro de aventuras, y que seguro era muchísimo mejor que el de la capital, por más cosas que aquel tuviera y este no.

Cuando llegué a casa de vuelta, mis hermanas estaban en la cama y mis padres jugaban al chinchón con la Emérita. Usaban esa baraja de cartas de la caja de ahorros que siempre llevaba en la guantera del Simca. Porque el televisor ya estaba en Leganés, mi madre no tenía exámenes que corregir, no había ni un solo libro en las estanterías, la Emérita se había llevado la carpeta amarilla a su casa, yo no estaba para dictados y el parchís permanecía enterrado en una de las cajas de cartón que había dentro del maletero.

Eco. Eso era.

En aquella casa volvía a escucharse el eco.

—Me voy a la cama.

—¿No te despides, hijo?

—No.

No sé cómo será la vida de un condenado a muerte cuando se levanta el día en que lo van a ahorcar. Ni si duerme en la noche anterior. Ni si desayuna al levantarse. Ni si es verdad que le conceden lo último que pide o no.

Yo sí dormí. Por la mañana, no me entraron las dos magdalenas. A mis padres les pedí si me podía sentar junto a una ventana y no en el medio, como siempre, y el deseo me fue concedido. A muerte no estaba condenado, ya lo sabía yo, pero acababan con lo mejor de mi vida.

Mamá cerró la puerta con llave y le entregó el llavero a la señora Amparo. Vero entró rápidamente en el Simca, Isa se sentó en el capó y yo me demoré un poco junto a papá y mamá, que empezaron con el ritual de la despedida por turnos.

Cuando llegó el mío, miré a mis padres muy serio reclamando mi espacio. Mi padre carraspeó y dijo: «Voy arrancando el coche». Mi madre entendió, dio cuatro o cinco pasos atrás y se puso las gafas de sol.

Entonces abracé de puntillas a la Eme un poco más arriba de la cintura, porque más alto no llegaba. Y ella se agachó al instante para terminar de rodillas y fundirnos los dos en un beso exagerado que corté a los tres segundos, por si venía alguno de estos.

Fui yo el que le sacudí las rodillas, al igual que ella hacía conmigo cuando me manchaba. Luego le dije una cosa que, viendo sus ojos, creo que no entendió. Teníamos las caras mojadas.

Aquella mujer sorda y mayor no se movió del porche hasta que nos perdimos en la curva. Estuvo agitando la mano hasta el último momento sin mover ni un solo pie. Mamá me pedía que dijera adiós por la ventana como hacían ella y mis hermanas con más o menos entusiasmo, pero a mí no me daba la gana de girarme.

—Y ahora no mires atrás —fue lo último que le escuché.

Yo tenía que haberle dicho algo peliculero como: «Y tú mira adelante». Algo a la altura del momento como: «Nunca te olvidaré».

Pero no dije absolutamente nada. Pero nada de nada.

No sabía cómo era la vida de un condenado a muerte el día en que lo van a ahorcar. Tampoco sabía si en la garganta, cuando al reo le ponían la soga alrededor del cuello, se le hacía un nudo tan gordo como el que tenía yo.

Mamá me dio unos pañuelos. Lo mismo que a Isa, con tanta curva, le terminaría dando una bolsa.

(Él y eso)

Si hay algo que cambió desde el primer momento fue la luz.

En el pueblo estaban los cielos con la espuma de afeitar de las nubes, aquel horizonte que se ponía del color de la arcilla, las paredes de cal que te hacían cerrar los ojos, el morado del azafrán compitiendo con el rojo de las amapolas.

En la ciudad, estaban el gotelé blanco, el cemento, el ladrillo y el reflejo mortecino del televisor.

Vivíamos en un tercero con ascensor, uno que daba un miedo tremendo porque tenía las poleas a la vista y siempre pensabas que se iban a descolgar contigo dentro. Salir a la calle consistía en bajar a un espacio de tierra cuadrado encajado entre cuatro edificios. Un espacio de tierra con un banco de madera en cada lateral al que se asomaban las madres para decirte que subieras o que te abrigaras, y que era exactamente igual al de todas las manzanas del barrio.

Allí, en medio de aquella grisura urbana, mi madre desarrolló una afición nueva y hermosa: cuidar plantas.

Supongo que fue su manera de levantar una antorcha para que viéramos, pero sobre todo para que no olvidáramos.

Tenía repartidas las macetas por todos los alféizares de la casa y también ocupaban buena parte de la terraza. A modo de empalizada verde. Si los aldeanos de Transilvania ponían ajos en las puertas para espantar a los vampiros, mi madre colocaba macetas para que no nos mordiese la ciudad.

Había geranios, pelargonios, petunias, claveles chinos, siemprevivas, aloeveras, surfinias, gardenias, tulipanes. Mamá podía tirarse las horas del sábado esponjando la tierra, regando, quitando las hojas secas, abonando y podando, combatiendo plagas, poniendo las macetas a la sombra o al sol, colocando un plástico sobre las que no aguantaban las heladas. Luego se lavaba las manos y continuaba con el resto de los hijos. A veces se quedaba embobada con el tacto de un tallo o el olor de una flor. No decía nada, pero yo sé que se acordaba de su huerto.

Recuerdo el día perfectamente. Vero hacía sus deberes, mamá estaba en su cocina, papá leía su periódico, yo leía un capítulo del *Jabato* e Isa salió corriendo a la terraza para decirle algo a una amiga que no paraba de llamarla a voces.

Fue así como rompió de un puntapié aquella maceta. La Maceta. Esa que contenía la planta favorita de mamá, un jazmín enorme que se trajo del pueblo y que era la estrella de la selva.

Mamá la regañó con dureza. No tanto por la planta, dijo, sino porque nunca se fijaba e iba como loca. Pero todos sabíamos que lo que de verdad le dolía a mi madre era aquel jazmín partido a la mitad y aquel tiesto roto.

Barrió el suelo, tiró la maceta pintada de colores a la basura, se arrodilló junto al cadáver, recogió los restos y estuvo un rato mirando los daños, como si todavía se pudiera hacer algo. Al poco, regresó con otra maceta vacía y tierra virgen. Sin quitarse el delantal, estuvo trasplantando el jazmín en silencio y apretando el sustrato. Cómo sería la cosa, que mi padre se fue a terminar de hacer la cena sin que nadie le dijera nada.

Mamá le buscó el sitio más luminoso de la casa, el lugar más favorable, le procuró los mejores cuidados. Se pasó las semanas siguientes, los meses, controlando la evolución del enfermito verde. No escatimó en atenciones. Hasta se compró un libro sobre el cultivo del jazmín.

Pero el jazmín fue empeorando sin remedio después de ser trasplantado. En su nueva parcela crio bichos. Las hojas se le llenaron de un hongo voraz. Tuvo unos sarpullidos de verrugas. Perdió lustre. Dejó de echar flores. Se salvó, pero estuvo malísimo mucho tiempo.

Cuando llegó la primavera, las otras plantas crecieron como si estuvieran compitiendo en vitalidad y belleza.

Aquella nunca volvió a ser la misma.

* * *

Hubo muchas cosas que cambiarían para siempre y otras que se fueron para no regresar jamás. Mis padres me explicaban que en eso consistía precisamente hacerse mayor: en dejar de hacer cosas que antes podías hacer y ahora ya no.

Si hacerse mayor era dejar de explorar un mundo sin límites, si consistía en desistir de los peces abisales en el ultramarinos, si era dejar de escarbar la tierra o dejar de subirse a los árboles para tener los pies en el suelo, si era cambiar de miedos en vez de tratar de vivir con ellos; si suponía todo eso, digo, entonces yo no quería ser mayor.

Pero mis padres me pedían constantemente que creciera, lo mismo que mi madre quería que pasara con aquel jazmín. Porque se conoce que sufrir, o desengañarte, o saber quiénes eran los Reyes, o partirte en dos, tenía que ver con hacerse mayor.

Ya eres mayor, te advierten.

Compórtate como un mayor, te insisten.

A ver cuándo creces, te señalan.

Y luego, cuando un día lo haces, tu padre y tu madre comienzan con las añoranzas de cuando eras pequeño, de cuando no te pedían que crecieras y se conformaban con aquel hijo a medias, con aquel ser por hacer. Y el barro y las rodillas con heridas y las faltas de ortografía y las vomitonas en el coche y ese perfecto desorden eran la felicidad.

El primer día de clase en la ciudad me lo tiré entero llorando. Yo había ido vestido exactamente igual a como iba en el pueblo, pero a los chicos les hacían muchísima gracia mis botas de pocero, decían, el pantalón algo grande de mi primo, el olor a Nenuco, mi raya a un lado, en definitiva, las pintas del nuevo. O sea, yo. Que para colmo era el hijo de la maestra que acababa de llegar.

Se pasaron la clase señalándome y riéndose y yo me la tiré con la cabeza entre las manos como si hubiese fuego cruzado de artillería. A cada poco, lloraba. El profesor que luego sería el mejor amigo de mi madre me venía a preguntar qué me ocurría y yo me quedaba mudo.

O mamá había estado vistiéndome como un payaso desde que nací o el mundo —o sea la ciudad, o sea Leganés, o sea el barrio de San Nicasio— estaba lleno de cabrones.

A lo peor eran las dos cosas.

El paso de los días me cubrió de una niebla espesa como las de las películas de sustos. Un niño hace suya una habitación cuando pone el póster de su equipo en la pared, deja a mano esos tesoros que ha ido acumulando con los años (una piedra única, un fósil, una moneda extranjera) o le pide a su padre que le tire unos tiros en la cama para estrenarla de una vez por todas.

Pero yo no tenía ganas de hacer nada de eso.

Por más que mi madre me animara a abrir la caja de cartón de Granjas Bustingorri que llevaba mi nombre, le decía que no con la cabeza.

Total, para qué.

Si el mundo no se acababa ese año, en contra de lo que sostenía el tío Jorge —que era esquizofrénico y testigo de Jehová; «vamos a morir, vamos a morir, vamos a morir», se ponía—, a lo peor terminaba yo con él.

Salía a la calle a pasear al Fliqui sin demasiado entusiasmo. Me sentaba solo en un banco y observaba. Era inevitable comparar todo aquello que veía con el pueblo que habíamos dejado atrás. Aquellos chicos desconocidos con los amigos con los que había compartido risas, muertes, miedos, petardos, algún cigarrillo de Rex y hasta nalgas. Comparar aquel espacio domesticado entre edificios donde se jugaban tres partidos de fútbol al mismo tiempo con la era blanca que teníamos para nosotros solos. Aquella clase donde eras el paleto con aquella otra escuela donde lo éramos todos o ninguno, que para el caso era lo mismo. Aquellas calles donde todo estaba a la vista con aquellos caminos donde podías hacerte invisible. Comparar aquella casa de la ciudad con aquella otra casa de pueblo que es verdad que no tenía radiadores de hierro fundido, ni parqué, ni ascensor, ni timbre, ni mirilla en la puerta, ni tan siquiera horno eléctrico, pero que tenía a la Emérita dentro.

Mi madre podía decir una y mil veces que habíamos mejorado bastante, podía decirlo en voz alta para tratar de convencernos, pero yo lo tenía cada vez más claro: había salido perdiendo con el cambio.

Vero se adaptó muy rápido. Yo creo que Isa no tanto. Ya nunca más volvimos a dormir en la misma habitación. Se conoce que crecer también era eso: separarte por sexos igual que al ganado.

Me costó hacer nuevos amigos, como si hacerlos fuera una traición a los que había dejado atrás. O peor: como si no hacerlos fuera una forma de protegerme. Algo que no echaría de menos, pongamos por caso, si después de Leganés nos íbamos detrás de mi madre a una de aquellas ciudades de las postales o a las Antípodas.

Aprendí nuevos lugares prohibidos, cosas o espacios que intuí o vi de lejos. El límite marcado de los almendros de hace solo unos meses me parecía ahora una frontera de niños. O el mundo estaba creciendo muy rápido ante mis ojos o lo estaba haciendo yo. La gran primera rebeldía que recuerdo: hubo ropa que empezó a parecerme ridícula y ya no me puse jamás.

Antes, regresamos al pueblo.

Lo hicimos por vez primera a los quince días de marcharnos, en un intento de mi madre de aplicarme un electroshock que me devolviera la alegría. Y así ocurrió. Fue enfilar la cuesta abajo, divisar los tejados oscuros y el campanario y estallar de júbilo como si hubiese ganado Roland Garros.

—Subid la música, por favor —pedí con el corazón latiéndome en la garganta.

Mi madre la subió. Ni recuerdo qué sonaba.

—Y abre las ventanas, que sepan que llegamos.

—Anda, anda, ni que fueras el afilador.

Aquel fin de semana dormimos donde la señora Amparo y fui feliz. La Eme nos invitó a comer en su casa, donde le hizo una liebre con arroz a mi padre. Jugué con Gregorio, Vicente Jesús y los demás. Compramos donde

Vicentico. Todos me preguntaban por Leganés y a todos les decía lo mismo: que era mucho mejor que el pueblo.

Por la tarde, cogimos setas de cardo en familia. A la noche, la Eme —que no paraba de darme besos en el pelo y decía que estaba más delgado— nos ganó a todos al parchís.

Regresamos al mes. El plan fue parecido. Solo que la señora Emérita nos hizo un cocido de puchero junto a la lumbre. Luego se metió en Leganés el frío y nosotros en casa con él. Todas las demás veces que regresamos (tres o cuatro en un año), fuimos y volvimos en el día.

Aquel nexo cada vez más débil se mantuvo vivo por la memoria de la infancia, que es algo que te marca más que la vacuna de la tuberculosis. Esa cicatriz que te acompaña hasta la muerte.

Eres los sabores que tuviste en la boca de niño. Eres lo que tocaste en esa edad, esa plastilina que ibas ablandando de tanto tocarla. Las cosas que escuchaste y se quedaron allí, dentro de la cabeza, con un eco de por vida.

También eres los aromas que te abrieron los ojos.

Yo no sabía muy bien lo que iba a ser, pero sí sabía de dónde venía. Lo supe el día en que mis padres fueron abriendo las últimas cajas de Granjas Bustingorri y finalmente sacaron la Larousse de una de ellas.

En efecto, aquellos tomos que hablaban de Diderot y del motor de explosión olían a bacalao de Noruega.

* * *

La nostalgia fue como aquellos castillos de arena que hice con mis hermanas en Motril. Al principio estuvo ahí, en pie y poderosa, con sus almenas y su muralla. Una argamasa que yo alimentaba y no dejaba que se viniera abajo. Pero luego fue llegando una ola. Y luego otra. Y luego otra más. Y al final, con el paso de los meses, no quedó casi nada de aquella tristeza de la memoria, sino unas ganas tremendas de nadar y de conquistar nuevos mares.

O sea, Madrid.

El muelle en el que cada día amarraban todos los barcos imaginables era el quiosco que teníamos debajo de casa. Cuánto habríamos dado por un sitio así en el pueblo, cuánta libertad cabía en seis metros cuadrados, cuántas rutas marítimas, cuánto bucanero.

En aquella España donde todo estaba lejos, allí te asomabas al deporte y al humor, a las guerras y a la actualidad, a las fieras salvajes por entregas y a los enigmas de la humanidad, a la fortuna en forma de boletos y hasta al primer porno.

Cuando no estaba en la Chrysler, o sea los domingos, mi padre me llevaba a que me comprase cromos o soldaditos, unos sobres donde venían futbolistas o animales que yo abría muy rápido y de forma compulsiva, como si dentro hubiese un incendio y yo no tuviera que perder ni un segundo en el rescate.

Vivir en la ciudad consistía en ir abriendo sobres como un loco. Y en tener al alcance de la mano todas las colecciones posibles. De cromos, de lugares, de películas, de chicas o de vicios, unos vicios que en el pueblo no existían.

O eso pensaba yo.

A diferencia de cuando vivía allí, ahora podía ir al Calderón cada dos semanas, a donde mi padre me colaba regalándole un puro al portero. El primer sueño urbano fue el de ser futbolista. Por eso me apuntaron a un equipo, con su camiseta morada y la publicidad de una cristalería de barrio en el pecho. Mi padre me llevaba los sábados a jugar, se ponía en la banda y le gritaba de vez en cuando al árbitro. Si me llegan a ver todo uniformado en la era blanca, alguno se cae de espaldas.

Las colecciones de cromos. El Calderón. El fútbol sala. El Retiro. El Rastro. La lucha libre en el Campo de Gas. Yo creo que todo lo hacían para que pasara página, para que mirara adelante como habían hecho mis hermanas, para que me olvidara de la Emérita, a la que todavía seguía esperando por la noche antes de dormirme, a pesar de todo.

Vero e Isa se apuntaron al balonmano un poco por probar. Vero duró medio año, pero Isa llegó a ser portera de la selección madrileña. Creo que fue la primera vez en que fue muy superior a su hermana mayor en algo.

En aquel afán, la mayor imbecilidad que recuerdo fue meterme a los *boy scouts*, que básicamente consistía en que los padres pagaban para que se llevasen a sus hijos a la naturaleza, cuando en el pueblo todo el campo era gratis. Salí una sola vez. Dije que si me obligaban a hacerlo, me escapaba. No hizo falta tanto.

En la ciudad de los primeros años ochenta, los peligros eran peor que los pozos sin brocal. Solo que te empezaban a molar los peligros cada vez más.

Crecer también fue ese cambio de mirada.

O cambiabas de mirada porque crecías o crecías porque cambiabas la mirada. Yo creo que era lo primero.

Me pasó con los cuerpos. Por ejemplo, me hice mayor el día en que decidí que acostarme con mi padre desnudo era de imbéciles.

Me pasó con uno de mis olores favoritos en el pueblo, que era el del pegamento Imedio. Por ejemplo, me hice mayor cuando en el recreo del comedor vi a uno de los mayores inhalando cola en un bote que calentaba con un mechero.

Me pasó con los objetos. Por ejemplo, me hice mayor la primera vez que vi una jeringuilla como las que usaba Vicente Jesús para la diabetes, allí en la arena del parque de San Nicasio, con restos de sangre en el émbolo y una aguja amenazante.

Me pasó con las personas. Algunos años después. El día en que tuve delante una carpeta amarilla.

* * *

La felicitación navideña me tocó abrirla después de echarlo a suertes. Venía dentro de un sobre. Era un díptico cuya portada mostraba a un Niño Jesús rubio, de ojos azules y muy cabezón, tapado hasta los hombros con una sábana blanca sobre un lecho de paja. Junto a él asomaban un buey y una mula sonriendo con todos los dientes, como si fueran humanos. Una pastora tocada con un pañuelo verde y los ojos rasgados entraba por la puerta de la choza con una cesta cargada de frutas. En la esquina superior derecha se leía: «FELICES FIESTAS». Olía a su perfume, que era una mezcla de vainilla y jabón.

Cuando llegó aquella carta de la señora Emérita, ya llevábamos dos meses y medio sin tener noticias de ella.

Al principio le escribíamos con regularidad. Mi madre daba las novedades en un folio por ambas caras y, al final del mismo, todos poníamos la firma o como mucho una frase, porque más hueco no nos dejaba mamá, que se empeñaba en contar cosas como que Isa había ganado una medalla, Vero estaba hecha una mujercita o yo había subido dos tallas de golpe.

Si no hubiese sido sorda, creo que esas semanas le habríamos pedido a mamá que la llamara al estanco, donde estaba el único teléfono público del pueblo.

Sé lo que habría sucedido. Aquella señora muy cotilla que avisaba a los vecinos de la hora a la que los iban a telefonear se habría quedado allí en la trastienda, haciendo como que ordenaba los cartones de tabaco, a escucharlo todo.

Sé lo que le habría dicho. Le habría dicho que Leganés era como diez veces el pueblo o más. Que en Madrid había cines normales y salas equis y Caramelos Paco y hasta tiendas para sordos. Pero que el lago con barcas que había era la mitad que el de allí. Y que los ultramarinos eran parecidos.

Le habría preguntado por Sufragio, por Gregorio, por Vicente Jesús. Por el Pirracas también le habría preguntado, porque siempre que me acordaba de la Emérita se me venía a la mente el burro del Pirracas. Le habría pedido que me contara cosas del nuevo maestro, del padre de Tomás, si allí había vuelto a haber elecciones, si ella estaba cuidando a otro niño o no, y si este le ponía dictados.

Creo que, si hubiese podido oírme y estuviésemos al teléfono, si no hubiese nadie delante y tuviéramos tiempo y espacio, entonces, solos los dos, digo, creo que también le habría dicho que la echaba un porrón de menos.

Pero la Eme no me iba a escuchar por mucho que se pusiera al teléfono del estanco o por mucho que gritara yo. Y lo único que podía decirle eran esas cuatro palabras que me cabían en la parte inferior del christmas, cuando mi madre nos decía: «Vosotros ponedle aquí cuatro palabras».

Cuatro.

Al final del todo.

Como si mis hermanas tuvieran derecho al mismo espacio que yo.

Ellas escribían su nombre junto a «un beso fuerte» o «un abrazo». Y yo me tiraba cinco minutos frente a la hoja, mordiendo el lapicero, hasta que me salía lo que quería poner.

Cuatro palabras, vale.

Pero pensadas.

En la felicitación del Niño Jesús rubio y de ojos azules (yo no había visto a un chico así en mi vida), Emérita había escrito: «Os deseo a todos unas felices pascuas y un feliz año nuevo».

Y luego puso su nombre.

Después de mucho pensar, en la felicitación que le mandó mi madre, escribí: «Que te regalen muchas cosas».

Y luego puse: «Tu profe».

* * *

En el tiempo que fue viniendo, no faltaron las postales navideñas de ida y vuelta, las cartas puntuales en las que unos y otra nos felicitábamos los cumpleaños o aquellas otras, algo más largas y esporádicas, en las que resumíamos los acontecimientos vividos aquí o allá haciendo un balance de meses.

Las cartas se fueron espaciando poco a poco. Ya no sentía el mismo calambre cuando adivinaba correspondencia suya en el buzón, ese instante en el que le decía a mi madre que se diera prisa, aferraba el sobre como un loco y me pedía abrirlo yo. Todas decían más o menos lo mismo. Que estaba bien de salud «a Dios gracias», que hacía frío o calor (dependiendo de la estación), que las cosechas iban adelantadas o atrasadas, que se acordaba mucho de nosotros, que estudiásemos para ser gente de provecho y que a ver cuándo la íbamos a ver.

Cuando mamá (siempre mamá) le contestaba y me decía pon aquí cuatro letras, yo también empecé a despachar el trámite escribiendo mi nombre y «un beso».

La Eme se explayaba en dos o tres folios amarillentos como si no tuviera nada mejor que hacer. Se veía que se adornaba con las mayúsculas, que se esforzaba en una caligrafía cada vez más temblorosa.

Me la imaginaba escribiendo sentada junto a la chimenea. Sola. Moviendo una mano arriba y abajo y mordiéndose ligeramente la punta de la lengua, mientras con la otra fijaba el papel en la mesa camilla. A mí me recordaba un poco a esos supervivientes melenudos que mandan mensajes dentro de una botella a la desesperada, sin saber si alguien los leerá ni si tendrán respuesta. Nuestras cartas cada vez eran más cortas. Y le mentíamos año tras año: mi padre muchas veces le escribía que se la iba a traer un fin de semana a Madrid para llevarla a los toros. O que le había buscado un novio.

Pero no hubo toros. Ni novio. Ni un cornete en la heladería Los Alpes, como le puse yo al principio. Al final le mandábamos una postal. Y en ella nos sobraba espacio a los cinco.

Durante el primer curso en Leganés, regresamos al pueblo varias veces a verla. Al siguiente, viajamos un par de ocasiones. Al tercer año de nuestra partida, fuimos un día. Después ya dejamos de ir.

Cada vez que llegaba correspondencia suya, siempre hablábamos de regresar a darle una sorpresa, de si ya tendría el pelo más blanco que mi padre o no, de cuántas faltas de ortografía tendría ahora mismo si le pusiéramos un dictado. Y mientras decíamos pásame la sal o acércame el agua, recordábamos aquellos cursos remotos en el pueblo en que ninguno hubiésemos sobrevivido sin aquella mujer rural.

Pero yo ya tenía mejores cosas que hacer.

Todas ellas empezaron a suceder con el BUP.

Íbamos a los futbolines. Pedíamos minis con bravas. Salí por primera vez con una chica. Mis hermanas se dividieron definitivamente en dos y yo buscaba ser único: me daba agua con azúcar en el pelo. Vestía ropa militar, botas negras y cinturones de hebilla grande. Me empecé a tragar el humo.

Aquella última vez en que mis padres propusieron ir a verla, dije que no iba. Había sido una buena mujer, guardaba un extraordinario recuerdo de ella, estaba tan agradecido como mis padres, definitivamente había sido una suerte conocerla.

Pero lo menos apetecible del mundo a mi edad era meterme en un pueblo con una sorda.

Aquel sábado había quedado con mis amigos para ir a jugar a los billares.

* * *

Querida señorita Mercedes.

Querido Natalio.

Querido Currete.

Queridas Vero y Isa.

Me alegraré de que al recibo de la presente se encuentren todos bien, yo bien gracias a Dios.

Ayer mismo me llegó su postal de Chinchón y hoy por la mañana me he puesto a escribirles unas líneas para saber de ustedes.

No se puede imaginar lo que me acuerdo de aquellos años en que estábamos tan contentos y tan juntos y tan ilusionados y tan requetebién. Espero que allí en la ciudad también se acuerden mucho de esta sorda a la que metieron en la casa del pueblo durante unos años. Una sorda a la que adoptaron mismamente como si fuera una de esas gatas malparidas a las que todos tiran piedras. Esas a las que les dicen fu. A las que les quitan la camada.

A mí no se me olvida, cómo se me va a olvidar, señorita Mercedes. En fin.

Aquí sota, caballo y rey, como se dice en las cartas de los hombres. Porque las otras cartas, estas que llevan sello, señorita, yo creo que son cosas de mujeres. Parece que a ellos les cuesta escribir, o escuchar, o hablar, como al Ramón. Será por eso que el Currete dice tan poco desde que se fue.

Le decía que en el pueblo sota, caballo y rey. Que los hombres andan a lo suyo en el casino o en las tierras, que la mitad de los agricultores se queja de que llueve de más y la otra mitad, de que lo hace de menos, que enterramos a don Ubaldo, que mi casa se me hace mucha casa para una sola, que salgo un poco a la tarde a jugar a las cartas donde la Luisa y que tengo un televisor que me regaló el bueno de don Eladio, que se compró uno a color, una modernidaz. El mío es uno bien grande, marrón y negro, uno al que le tienes que pegar un cacheta-

zo de vez en cuando para que te haga caso, como hace la gente con algunos chicos. Mirarlo me hace compañía.

Si me paran por la calle y me preguntan por ustedes, yo presumo del Currete como si supiera cosas de él, ya ve. Les digo que en el colegio va muy bien, que ha crecido un montón, que no paran ustedes de mandarme cartas y, bueno, ya sabe que no soy de mentir: además les digo que seguramente me vaya con ustedes de vacaciones a ver el mar, dios me perdone y usted también. Eso les digo cuando se ponen preguntonas: que me van a llevar a ver el mar, y al cine a Madrid, y a lo que llaman El Rastro, y a comer calamares, y a no sé cuántas cosas más me van a llevar, les digo. Solo por tapar bocas, señorita Mercedes, solo por eso y nada más. Que ya sabe usted que aquí alguna la tiene muy grande y a lo peor le va con el cuento.

Quería que lo supiera por mí, que confianza había de sobra y que la sigue habiendo, porque el que tuvo, retuvo.

Ay. Cada vez que paso por su casa y veo a la nueva maestra con su hija, me acuerdo mucho de usted y del Currete y me entra una pena de esas de folletín. La mujer es muy maja, pero no es lo mismo. Mucho más fea que usted. Y menos fina. Y menos afanosa para todo.

Lo que le digo: el huerto suyo está perdido y lleno de hierbas. Hay que ver cómo un vergel se vuelve maleza en cuanto se deja de cuidar. Si cierro los ojos, la veo a usted en pantalones y con la azada saludando de lejos. Si los abro, veo a la nueva maestra que no vale ni la mitad que la anterior. Vaya, que si usted, señorita Mercedes, era una televisión a color, se me ocurre ahora que en el pueblo nos la han cambiado por una en blanco y negro.

Escríbanme todos más a menudo y más largo. Cuénteme usted del colegio de Leganés, que seguro que tiene la tira de alumnos y que son menos brutos. Que la Isa me cuente cómo es eso del balonmano que se le da tan bien. ¿Qué es de la Vero con los estudios que tan bien se le daban? A Natalio dígale que no ando para novios, pero que aquí tiene una liebre con patatas siempre que quiera.

Y dígale al Currete que le espero todos los días. Que a veces me lo imagino entrando por esa puerta y acercándose a mí para pedirme un baile, ya ve qué cosas.

Dígale que le tengo una sorpresa que le he hecho, que me corrija esta carta a ver cuántas faltas me saca. Dígale que no se lo va a creer, pero que el señor Luis va a traer peces abisales.

Dígale que los sábados no salgo con la Luisa o la Berta a dar el paseo hasta el molino, porque me da un no sé qué aquí en el pecho al ver que vienen coches el fin de semana, porque una nunca sabe, y entonces les digo a las dos: «Hijas, yo mejor me quedo, no vaya a ser que al Currete, después de todo, le dé por venir esta tarde».

Emérita Rodríguez Pérez

* * *

Lo mismo que un día quitas para siempre los peluches de la cama (aquel conejo desteñido, esa tortuga con la boca descosida, el dragón al que le faltaba un ojo), crecer también significaba quitar de en medio otras gentes que ocuparon un espacio importante en tu infancia.

Vas olvidando poco a poco sus voces, sus rostros, los juegos compartidos, los descubrimientos conjuntos, esos fogonazos que te iluminaron en medio de la oscuridad, los secretos primeros. Y da igual que a aquellas personas les jurases amistad eterna o amor de por vida siendo un niño. En la edad del instituto solo existe el futuro. Eres todo lo que te queda por delante.

Hasta que pasan años y más años y un día, como por casualidad, vienes del trabajo o de llevar a los niños al colegio o de pagar una multa y caes en aquel trastero donde ocultaste todo. Y empiezas a abrir cajones. Y te salen recortes en sepia. Cinexines olvidados. Ositos de tela desventrados. Y no solo te preguntas dónde han estado ellos todo este tiempo, sino también dónde has estado tú. Y pasas los dedos de la mano por encima, muy despacio, poniendo los cinco sentidos. Como cuando un ciego trata de recordar una cara. Entonces te das cuenta de que eres todo lo que te queda por delante, sí, pero también mucho de todo lo que te queda por detrás.

Para eso me faltaba muchísimo.

Al igual que mis hermanas, yo vivía en ese lapso amnésico. Mi madre nos contaba de tarde en tarde novedades de la señora Emérita y yo la escuchaba como el que oye hablar de la emperatriz Sissi o de la guerra de Cuba.

No solo es que me quedara lejísimos. Es que me importaba un pimiento.

Por aquel entonces, ya nos dejaban comida preparada en la nevera y se iban sin nosotros al cine (si elegía mamá) o al Campo del Gas (si elegía papá). Antes de salir, nos repetían unas instrucciones que conocíamos de memoria.

1. La comida se calienta en el fogón pequeño.
2. Mucho cuidado con el butano.
3. Fregáis, secáis y recogéis los tres, como cuando erais pequeños.
4. No se abre a nadie.

Aquella mañana estábamos todos juntos. Yo supe que algo había pasado y que era urgente porque todo ocurrió después de sonar el teléfono. A mi madre solo se le escuchaba decir «no me diga» y «madre de Dios». Un montón de veces. Como si no supiera decir otra cosa.

Era sábado. Se fueron los dos al pueblo sin haber preparado nada de comer. Recuerdo a mi madre y a mi padre hablando un minuto, poniéndose el abrigo rápidamente, diciendo que se iban al pueblo a ver a la Emérita y que luego venían. La señora Amparo había llamado desde el estanco, la Eme se había caído por las escaleras.

Mi padre regresó bien entrada la noche y nos contó: milagrosamente no tenía nada roto, pero sí un fortísimo golpe en la cabeza. Acababa de recuperar el conocimiento en el hospital. Aprovechando que nos acababan de dar las vacaciones de Navidad, mamá se iba a quedar allí hasta que le dieran el alta y luego se iría con ella a su casa. Hasta el sábado siguiente, día en que mi padre iría a recogerla.

—No tiene a nadie.

No tenía a nadie.

La frase se quedó botando en mi cabeza como un balón de baloncesto en un gimnasio vacío. Nosotros nos fuimos un día y la Emérita no tenía a nadie.

El alta médica se la dieron el lunes. Esa misma tarde, mi madre la llevó a su casa en el coche de don Eladio. Se instaló allí. Pasó la Nochebuena y la Navidad a su lado. Todos los días llamaba a mi padre desde el estanco para decirle que la Emérita iba mejor. Hasta que se recuperó del todo. Definitivamente, las mujeres de antes eran de hierro.

Cuando papá fue a buscarla y volvieron a Leganés el sábado por la tarde, mamá parecía más delgada y tenía cara de cansancio. No tardó ni cinco minutos en decírmelo.

—Ha preguntado bastante por ti.

—¿Qué te ha dicho?

—Que cómo es que ya ni le escribes ni vas a verla.

—¿Y qué le has contestado?

—Le he mentido.

Los siguientes días mamá se mostró taciturna. Yo creí que era por las fechas: a finales de año siempre se acordaba más de los que no estaban que de los que estábamos. Del abuelo. Del tío Jorge. De una amiga llamada Sonia a la que le fueron quitando sucesivamente el pecho derecho, el pecho izquierdo y parte del estómago hasta que falleció. Pero no era por eso. O no solo era por eso.

Se quedaba embobada viendo el belén o mirando nevar por la ventana, apenas hablaba, venía con un mazo de cartas y las releía, escribía alguna postal, se paraba a mirar a la gente mayor como no lo había hecho antes.

Una tarde en que mi padre se había ido con mis hermanas a la plaza Mayor de Madrid a comprarles artículos de broma, mamá bajó al trastero y subió con un par de álbumes de fotos. Los estuvo hojeando en silencio hasta que se metió la noche. Incluso habiendo empezado el *Un, dos, tres.*

En mi casa ver el *Un, dos, tres* era lo mismo que para otros debía de ser ver boxear a Cassius Clay o ver torear a Curro Romero. Solo que el *Un, dos, tres* lo daban todas las semanas. Y estaba protagonizado por gente como mis padres. Matrimonios venidos de lugares como Leganés. Novios llegados de un pueblo pequeño. Nos gustaba verlo porque si a ellos les tocaba, también te podía tocar algún día a ti. A veces hasta venía algún vecino a sentarse frente al televisor.

El *Un, dos, tres*. La elección final. Por eso me extrañó que mamá no cerrara los álbumes.

Cuando aquella pareja de Pontevedra se llevó la calabaza y perdió un chalé en Torrevieja, cuando se llevó la jodida calabaza y se escuchó un «ooooohhhhh» larguísimo después de haber perdido sucesivamente un Seat Panda, un viaje a México, dos raquetas de tenis, un lote de productos de la huerta murciana, una plaza de garaje y no sé cuántas cosas más; entonces, digo, mamá levantó por primera vez la cabeza de las fotos y dijo dos únicas frases encadenadas.

La primera la entendí.

—Qué importante es la suerte en la vida.

La segunda no venía a cuento.

—Y qué suerte tenemos nosotros.

Se le reflejaba la Ruperta en las gafas. Miraba más allá de la calabaza. Me levanté a apagar el televisor. Nos quedamos callados un instante. Me dijo: «Anda, ven». Y fui hasta el sofá, me puse a su lado y estuvo enseñándome las fotos.

Estaban ordenadas por años y habían sido tomadas con aquella Polaroid que mi padre compró para la primera comunión de mis hermanas. Fue directamente a uno de los álbumes. Lo puso en sus rodillas y lo abrió.

La Emérita y yo de la mano en la puerta del ultramarinos.

Yo en bañador a los hombros de mi padre, con la Eme a un lado, junto a un río.

La señora Emérita sonriendo en la cocina y levantando una liebre desollada por las patas traseras.

Una imagen desencuadrada en la que aparezco vestido de portero, tirándome a parar un disparo de mi padre, con ella al fondo, sentada en una piedra junto a mis hermanas.

Mi madre, la Eme y yo en la puerta de la escuela, los tres con los ojos cerrados.

Una foto muy desenfocada en la que el Fliqui, ella y yo salimos en movimiento.

Isa haciendo el pino con las bragas al aire. Vero con una mano en la boca riendo y los ojos muy abiertos. Eme mirando la escena con los brazos en jarras junto a la pared. Yo imitándola.

La Eme con la mano vendada sobre mi hombro y, a mi lado, el Pirracas.

Una merienda en el campo, con una manta cuadrada en el suelo a modo de mantel y el Simca 1200 detrás.

—Ha preguntado por ti. Bastante —repitió.

* * *

Mi madre está en el pueblo con la señora Emérita. La mujer solo se mueve de la cama al escaño que hay junto a la lumbre, y siempre ayudada por mamá. Ella se ocupa de darle de comer, de los medicamentos, de las curas. Como el día es muy largo, sale a llamar a mi padre por teléfono y de paso a hacer alguna visita, pero al instante vuelve.

No se demora más de media hora.

Lee sentada junto a ella, charlan de vez en cuando, limpia de un modo superficial la casa porque es limpiar sobre limpio, juegan a las cartas y al parchís, ven el televisor que ella no escucha. Suena un villancico en la calle.

A veces mamá se aburre. Piensa en nosotros y en todo lo que tiene que hacer en estas fiestas. Para matar el tiempo, recorre tímidamente una casa que apenas conoce. Una casa humilde pero de dos plantas en la que estuvo en un par de ocasiones.

Arriba hace mucho más frío: si hablas, sale vaho. Porque a la señora Emérita le basta y le sobra con la planta de abajo, que es donde hace la vida y mantiene el calor.

Mamá sube sin ningún motivo. El suelo de madera de arriba cruje. Y qué. Mamá sonríe. Es la suerte de que la dueña de la casa sea sorda.

Una habitación cerrada. Otra más pequeña. Una esquinera medio rota. Y la puerta del cobertizo.

Mamá abre. Chirrían los goznes. Apenas se ve. La única luz que hay es la que entra por un ventanuco lleno de polvo y telarañas. Le da al interruptor y se enciende una bombilla potente. Se ven cagadas de ratón, cepos, decenas de trastos, una cuna, aperos de labrar, candiles comidos por el óxido y colgados de la pared, unas botas de hombre, palanganas, dos cubos, una pila de revistas de *Selecciones del Reader's Digest* y un baúl.

Lo que más llama la atención a mi madre es que el baúl está llamativamente limpio, el único objeto que no tiene polvo de toda la tenada, el único que parece vivo. Hay una banqueta baja al lado. Y está abierto. Es imposible no acercarse a mirar.

Lo hace.

Lo primero que reconoce son los frascos de colonia vacíos de papá, media docena de ellos. Coge uno con sumo cuidado y siente el tacto helado del cristal. Hay tres bragas de ganchillo infantiles sin usar. Dos tebeos de

Daredevil. Un diente pequeño dentro de una cajita metálica. Una edición de *La cigarra y la hormiga* en francés. Un diccionario francés-español / español-francés. Decenas de figuras de papel, algunas coloreadas: aviones, ranas, cisnes, serpientes, pajaritas. Un disfraz de torero envuelto en papel seda blanco. Tres pares de patucos. Cuatro tabas. Un chupete. Un cuaderno de caligrafía de Rubio totalmente terminado. Una bolsa de soldaditos de la Segunda Guerra Mundial. Las plumas de un canario.

Mamá baja pasado un tiempo.

Se sienta junto a la Emérita.

Esta sonríe y asiente con la cabeza, como cuando se le da permiso a un niño para que coja otro pastel.

* * *

—Ha preguntado por ti, David.

Mamá saca una carpeta amarilla que guardaba debajo del álbum y la pone encima.

La abre.

Me la da.

Empiezo a leer.

> *Escribo y lo guardo.*
>
> *La de vergüenza que me daría que lo leyeras.*
>
> *La de rato que me tiro antes de escribir buscando en el diccionario, pensando las haches y las bes, las elles y las ges. Colocando las palabras aquí como si fueran los cubiertos. Lo mismo que me enseñaste. Mismamente.*

Y te pienso.

Y me dueles.

Me gusta mirarte cuando no te das cuenta, hijo. Cuando llueve fuera y tú estás ahí como embobado mirando a la tele esa que no sé qué te da ni qué dice. Todo en su sitio y como Dios manda, comiéndote el pan con chocolate que te he puesto.

(2020)

[Veníamos del silencio.
Íbamos hacia el ruido más absoluto.
Éramos ese viaje de sordos.
Nosotros.
Desmemoriados. Olvidadizos. Amnésicos. Desagradecidos.
Los que nunca te dijimos siempre.
Los que siempre te dijimos nunca].

(Los ingratos)

Si soy sincero conmigo mismo, el único motivo de la excedencia que me he pedido en el trabajo tiene que ver con este viaje.

No me he cogido la excedencia para recorrer los Alpes en bici, como mentí, ni porque estuviese cansado, ni porque hubiese llegado a saturarme con tanto dolor ajeno con el que trabajo a diario en el hospital, ni por las niñas, ni porque necesite estar lejos de Marta, ni tan siquiera por la reciente muerte de mi padre.

Si me he cogido la excedencia, es para poder hacer este viaje. Obsesionarme con él. Prepararme antes poco a poco. Como si me fuese a la selva o a subir un ochomil. Con una mochila vieja a la espalda. A pasar frío y a respirar mal por culpa del asma. Tener una excusa para irme solo en un día de diario. Regresar allí de un modo físico. Tocar las puertas. Buscar los olores. Repasar las fotos. Volver a los escondrijos. Recorrer los espacios.

Y, sobre todo, los vacíos.

Si me he cogido la excedencia, es para hacer inventario de las ausencias. Comprobar qué queda en pie de todo. Comprobar qué queda en pie de mí.

Esta mañana he cogido una libreta y un lapicero pequeño del Ikea y me he subido al Kuga. He escrito el nombre del pueblo en el navegador. Le he dado a «Ir»: se tarda menos de la mitad que entonces en llegar. Luego he puesto una *Playlist* que me ha costado preparar una semana.

Ahora suena *Eme,* de Leiva.

A mi padre le encantaba viajar de noche, rara vez lo hacíamos de día. Quizá por ello no reconozca nada del trayecto. Aunque lo más probable es que, tanto tiempo después, el paisaje haya mutado por completo.

La autovía es estupenda, nada que ver con el firme lleno de baches de entonces, con aquel atasco seguro a la salida de Madrid o con el que cogíamos a la entrada, mientras en la radio se escuchaba gol en Las Gaunas o cantaban Daniel y Leti.

Conduzco despacio. Tan despacio que hasta los camiones me pasan por izquierda y derecha. Como si no quisiera llegar nunca o buscara deleitarme en el trayecto.

Veo polígonos industriales a ambos lados de la carretera. Concesionarios de coches. Exposiciones de muebles de oficina. Un radar donde antes había un puesto de melones. Un HiperAsia gigantesco, urbanizaciones levantadas al pie de la autovía y rodeadas de gruesos muros de cristal para combatir el ruido. Lo único que reconozco es el toro de Osborne. Los camiones me pitan. Subo la música.

Ahora suena *Everybody Hurts*, de REM.

Veo empresas de mármoles y de cerramientos metálicos, salidas al Leroy Merlin y a McDonald's, urbanizaciones a medio hacer del tamaño de dos campos de fútbol, comidas por la maleza, fábricas que echan un humo blanco y espeso, un desguace, montañas de neumáticos a lo lejos, estaciones de Repsol y de Shell. Un cielo como de ceniza y unos arbustos como de fuego.

Mamá le decía a papá que no corriese tanto y papá contestaba que era el mejor conductor del mundo. Entre las curvas, la leche y el humo del tabaco, a veces sentíamos cómo nos venían unas ganas irremediables de vomitar. Lo hacíamos en una bolsa que mi madre tiraba por la ventana a continuación. Por entonces, las cunetas estaban moteadas de bolsas llenas de vómitos infantiles. Atrás, donde íbamos los niños, no existían cinturones de seguridad. Había un momento en que mamá le decía a papá que quitara el fútbol, que era un pesado, que qué más le daba a él un Salamanca-Sporting de Gijón, que ella iba a poner su música.

Ahora suena *Lo que quieras oír*, de los Pistones.

El paisaje ha cambiado. Veo sembrados baldíos y olivares, casas de labranza grafiteadas con el tag RIP, caminos que salen a ambos lados de la carretera comarcal, algunas naves con montones de aperos desparramados y comidos por el óxido. Adelanto a un tractor con su remolque. Le saludo con la mano bajando la ventanilla.

Me saluda. La lluvia ha formado lagunas someras en los barbechos y las aves huyen volando a mi paso cuando toco la bocina repetidamente, como cuando tu equipo gana un título y lo celebras pitando con una cadencia espasmódica. En el navegador pone que quedan ocho minutos para llegar.

Esto sí lo reconozco.

Reconozco la cuesta de bajada y los confines de lo que era entonces el pueblo, que se distingue por el color de los tejados. Desde lejos se ve claramente. La parte antigua mantiene las techumbres oscuras por los líquenes y el paso del tiempo; en la parte de las urbanizaciones son de un rojo arcilloso que refulge con el sol.

Reconozco la iglesia. La plaza vista desde lo alto. El lugar aproximado donde estaban las escuelas. Y toda la zona nueva.

Donde antes había una señal de stop cosida a perdigonazos, ahora hay una rotonda con placa, césped y cercado metálico.

Suena *House where nobody lives,* de Tom Waits.

Cinco minutos.

En el maletero nunca nos cabían las cosas. Cuando íbamos a salir de viaje, papá acercaba los bultos hasta la parte trasera del Simca 1200. Su papel era el de mulo de carga, reconocía sonriendo. Era mamá la que se encargaba de colocar las cosas, porque con ella todo se aprovechaba al máximo y las cosas encajaban al igual que en el Tetris.

Con papá no.

Nunca les pregunté lo que pasó ni por qué se fue durante un tiempo. Yo entonces quería ser como mi padre. Creo que por eso nunca quise saber.

Dos minutos.

Sé exactamente dónde estoy. Y con quién viajo. Y quién va detrás. Y que el coche huele a Nenuco y a escay y a Ducados. Sé dónde estoy porque la carretera luce una pequeña barriga en el firme y a ambos lados se adivinan unas antiguas vías. El coche da un pequeño salto sobre lo que fue el paso a nivel. Me quedo parado con las dos manos agarradas al volante, mirando a derecha e izquierda como si fuese a pasarme un tren por encima.

Apago la música.

Dice el coche que he llegado a mi destino.

* * *

Me gustaría decir quién soy, saberlo.

Parar a este hombre calvo y con una cara colorada que me suena muchísimo, cogerle de los hombros, empezar preguntándole si se acuerda de la señorita Mercedes y después explicarle quién soy yo. Todo lo que (no) he conseguido yéndome.

Me gustaría que se acordara, que se alegrara un poco, que me preguntara por todos nuestros grandes éxitos (por esa incalculable colección de grandes éxitos, gran coche, gran trabajo, grandes vacaciones, gran mierda) y que luego me dejara entrever lo que me habría sucedido si nos hubiéramos quedado, si no nos hubiésemos ido a tiempo, la vida de mierda que habríamos tenido allí, lejos de la capital.

Porque el mito relacionaba quedarse allí con el fracaso y encontrar un futuro en la ciudad, con el triunfador.

El mito.

Me gustaría explicarle por qué he venido, el verdadero motivo, nada de mentiras. Sin prepotencia, condescendiente, campechano. Y luego sacar el listado de personas que llevo en el bolsillo interior de la cazadora carísima, como si fuera un cartel de *Se busca*, y empezar a preguntarle por ellos, que es lo mismo que preguntarle por mí.

Pero no hago nada de eso.

Recorro el pueblo a solas, paso el dedo índice por las paredes que conservan la cal, a veces me paro y me pongo a recordar, tomo un té de la marca Pompadour, leo en la prensa un reportaje sobre la muerte de la gallina Caponata, decido no entrar al bar que hay donde antes estaba el casino, salgo, recorro las calles de nuevo, acaricio a un perro cojo y medio ciego, mando fotos por WhatsApp y busco la frontera prohibida de los almendros, pero no doy con ella.

Me gustaría decir quién soy. Decírselo ahora mismo a esta mujer mayor que empuja un carro de la compra de color verde con una mascarilla azul, perdone usted un momento, ¿a que no me conoce?, pues no, ¿no le suena mi cara de nada?, pues no, yo viví aquí, era el hijo de una maestra que se llamaba Mercedes, mi padre se llamaba Natalio, yo tenía dos hermanas, ¿se acuerda ahora?, pues no, hijo, es que ando fatal de la memoria. Y luego decirle que las últimas noticias que tiene mi madre son que ronda los noventa y muchos y que sigue viva. Que mamá lo supo hace unos meses por casualidad. Decírselo a la mujer mayor que empuja el carro verde justo antes de que me acompañe al lugar en el que vive ella, mientras de camino me va contando todo lo que pasó después de que nos fuéramos, todo lo que ocurrió después de que dejaran de llegar las cartas, pues claro que me acuerdo, hijo, cómo no me iba a acordar, ¿qué tal tus padres?, ¿qué tal tus dos hermanas?, ¿y tú en qué trabajas?, mira aquí justo es donde vive, le va a hacer mucha ilusión verte.

Me gustaría contarle por qué no he venido, excusarme después de tantísimo tiempo, darle las gracias. Volver a la casilla de salida de aquel parchís. Dejar que me coma. Llevarla a Madrid a los toros. Ponerle un dictado. Que se acordara del miedo insondable que me daban las mantis.

Pero en lugar de decirle nada a la señora que va con el carro de la compra de color verde y la mascarilla azul, camino en silencio.

Lo hago como un turista que hubiese perdido el plano. No sabiendo si preguntar, girando en círculo por momentos, parándome de golpe frente a una marca en el suelo o una puerta, regresando sobre mis pasos. A veces levanto la cabeza y escudriño como si hubiese francotiradores apostados en las ventanas. Otras veces olfateo el aire al igual que un sioux. Ahora estoy sentado en una piedra mirando a unos niños: no hay nada más sospechoso que un desconocido sentado en una piedra mirando a unos niños en un pueblo pequeño.

La memoria es un juego de espejos tramposos.

Cuando regresas a un lugar después de tanto tiempo, todo te parece cambiado.

Cuando llevas dos horas, todo te parece igual y es como si nunca te hubieses ido.

Cualquiera que me vea caminar, pensará que soy un inspector de la vivienda o un colgado o alguien que quiere comprarse una casa o un acosador o un enfermo mental.

Pero soy un niño perdido. Solo un niño perdido que anda buscando a la madre.

* * *

Dónde está el camino que salía desde aquí, por qué no encuentro la cueva, cómo es que el parque es la mitad de grande que entonces, qué fue del roble que antes no podía abrazar y ahora sí.

En los balcones veo macetas mustias, carteles de «Se vende» y algunas banderas de España. Una cabina resiste en la plaza. En un tablón de corcho del ayuntamiento se anuncian talleres de formación para la búsqueda de empleo. Un joven recoge una mierda que su perro acaba de cagar.

La casa de la maestra hoy es la sede de la asociación de mujeres del pueblo.

Donde antes estaba la tienda de ultramarinos del señor Luis, hay una joyería.

Las escuelas han sido reconvertidas en un gimnasio en el que se imparten clases de zumba.

Donde antes estaba la tienda de Vicentico, hay una peluquería en la que un marroquí me corta el pelo por seis euros.

En el espacio que ocupaba la era blanca, hay unos chalés con figuras de enanitos.

Donde antes se ubicaba la casa de adobe de la señora Emérita, ahora han construido un modesto adosado.

Me gustaría llamar a la puerta. Que me abriera ella en persona y decirle quién soy. Que al principio pusiera cara extraña, pero que luego sonriera y dijera ay, ay, ay, juntando las manos. Que me hiciera pasar. Que se inflara de alegría como un pavo real y cocinara mi plato favorito. Que charláramos durante la sobremesa y a mí no me diese vergüenza decirle cuánto la quise, así, la quise a usted muchísimo, y la quiero, decirlo con dos cojones, escribírselo en una hoja si hiciera falta, ser cursi como nunca lo sería un chulito, y también escribirle que lo mío no tiene perdón, Emérita, porque nunca le he dado las gracias, y yo sé lo que usted pasó y de verdad que he sido un cabrón todos estos años, porque ya perdió un hijo y conmigo dos, y no sé cómo he podido ser tan desagradecido todo este tiempo.

Me gustaría que ella me llamara entonces Currete, como siempre, y no David, y me mandara callar y me dijera que parecía un bobo de garrafa y que nada tenía importancia, que me preguntara por las blandas y por mis padres y luego me dijera que ya casi no tenía faltas y que le pusiera un dictado. Me gustaría que yo empezara a dictarle: «Un raaaaayo cayyyóoo ayeeeeer en el áaaarboool», y que ella me contestara: «Uy, qué demonio de chico, cómo va a caer ayer un rayo en el árbol, dice, si ayer hizo bueno». Y que riésemos los dos, riésemos hasta llorar, hasta que le doliese la tripa con su cicatriz llena de dientes y a mí me subiera el reflujo que me obliga a tomar un omeprazol de veinte miligramos diario.

Y que, a continuación, después de habernos puesto al día, se pusiera guapa al igual que cuando íbamos al circo.

Y luego ofrecerle el brazo como en los bailes.

Ser yo el que la llevara cogida a ella y no al revés.

Y cruzar la plaza juntos, muy despacio, bajo la luz suave de la tarde, para que todos nos vieran.

* * *

He tocado el timbre. Una vez, dos, tres.

Un hombre de mediana edad me ha abierto la puerta, le he preguntado por ella y me ha dicho que no sabe de quién le estoy hablando. Luego ha cerrado.

Así que me quedo solo en el umbral de la casa, la imagen de un comercial sin suerte. Y paro a la primera persona con la que me cruzo y le vuelvo a preguntar con más detenimiento, dando más pistas, ahora sí, la sordera, el pelo, su altura, tiene que acordarse. Soy ese turista que señala en el mapa un monumento, uno que aparece sobre el papel, pero que en la realidad ha desaparecido.

No saben quién es.

No han oído hablar de ella nunca.

Ni idea.

Si tuviera una fotografía encima, se la enseñaría, pero no la he traído de Madrid.

Es la quinta persona a la que abordo y nadie conoce a la señora Emérita.

Nada.

Como si no hubiera existido, como si no hubiese existido yo.

Trato de tranquilizarme un poco, a ver, piensa.

Seguro que es porque el pueblo ha crecido mucho: en estos años ha pasado de doscientos habitantes a tres mil; con el *boom* del ladrillo se llenó de urbanizaciones, nueve de cada diez vecinos actuales vinieron después de que nos fuéramos, los jóvenes de entonces emigraron. Seguro que, si nadie se acuerda, es porque todo pasó hace mucho tiempo.

Razona un poco. Hoy hace bastante viento y frío, los viejos no salen de casa con este tiempo, los más mayores habrán muerto o estarán en una residencia, quién sabe, a lo mejor muchos se fueron a la ciudad con los hijos. Le has preguntado por ella a gente que está en activo, que acaba de bajar de una furgoneta de reparto o que sale del ayuntamiento, a una mujer de mediana edad que podría haber venido a vivir al pueblo hace diez años, a un cincuentón que lleva un mono azul y un albarán en la mano, a una sexagenaria que te ha mirado desconfiada y tenía prisa. No has abordado a ningún anciano, anciano de verdad. A uno de su quinta. Porque ella debe de andar por los noventa o más, esa edad enmadejada en olvido y ausencia.

En el bar que antes se llamaba casino solo hay un cliente, un hombre con boina y bufanda que lee el periódico a un palmo de la nariz. En la tele están dando las noticias. Son muy malas. Llega la información del tiempo, la única que realmente importa. El camarero sube el volumen.

Como no tienen té verde de la marca Pompadour, me he pedido un clarete. Observo detenidamente al hombre que lee el periódico a un palmo de la nariz. Tiene una Mixta sobre la mesa, luce un audífono en el oído izquierdo, está perfectamente afeitado, lleva un palillo en la boca, le da vueltas a cada poco.

Hay cosas que se prueban a la desesperada. Y funcionan.

Le digo al camarero que me cobre lo de ese señor. El camarero le dice Eladio, estás invitado. Me sonríe sorprendido. Me acerco a su mesa. Antes de que diga nada, me siento a su lado.

—¿A que no sabe quién soy?

* * *

Qué decirte después de tanto tiempo, eh.

Qué decirte si me pudieras escuchar, si pudieras escuchar el tono de mi voz, escucharlo al menos una sola vez. No solo lo que quiero decirte, sino cómo te lo digo. El leve temblor de la entonación, cómo me tengo que parar a cada rato para hablar, tomar aire, cómo me mojo los labios y cómo dudo para elegir las palabras precisas y justas. Cómo lo hago sin que nadie me vea.

Te imagino el día en que nos marchamos a Leganés, entrando de nuevo a tu casa vacía, intentando llenarla de calor poco a poco, teniendo todo hecho al mediodía y añorando ese ruido que no se oye, mirando a mis amigos de lejos, yendo sola al ultramarinos con tus zapatillas de andar por casa y llevándote una bolsa de aceitunas gordas, por si acaso volvía de visita a las dos semanas, como así pasaba al principio. Volviendo a reponer para la próxima.

Te imagino todo el tiempo de después, pensando mucho lo que me ibas a poner en las cartas que escribías. Tomándote la cuestión epistolar como el momento más importante de tus días, ya ves, como si las palabras pudieran cambiar algo. Esperando al cartero cada mañana para comprobar que no había nada para ti. Que tú no eras nadie. Que cada vez eras menos que nadie. Y el día en que te llegaba una carta, yendo a abrirla corriendo y contenta como una chiquilla.

Te imagino esperando aquella invitación para ir a Madrid que te hicimos por quedar bien y nada más que para eso. Recibiendo cartas cada vez más espaciadas y más cortas. Las postales con mis cuatro palabras y un beso de tinta. Tu orgullo de madre postiza a pesar de todo, cada vez que mamá te decía que había aprobado el BUP o que iba a ir a la universidad. Aunque no te hubiese salido torero ni veterinario, ya sabes. Lo que te habría gustado que fuera.

Te imagino subiendo a la planta de arriba y aferrándote a las cosas de vez en cuando, como una novia abandonada que revisa el ajuar que nunca estrenará. Porque la han dejado por segunda vez. Mintiéndole a la gente cuando te preguntaban. Me escriben todas las semanas; el verano lo vamos a pasar juntos; Natalio ya me tiene las entradas para Las Ventas.

Te imagino dolida con el progresivo distanciamiento de mamá, con los silencios más prolongados que fueron viniendo. A medida que pasaba el tiempo, mi madre levantó sin querer un iceberg en medio de las dos. Yo entonces solo veía a una sorda de pueblo a la que quise como quieren los niños. Sé lo que viste tú porque he leído todos y cada uno de tus escritos.

Te imagino los últimos días esperando a que yo entrara por la puerta, a pesar de todo. Confiando en que obrara el milagro, en que yo no solo tuviera tiempo, sino sobre todo memoria.

Ahora me pregunto si me hubieses reconocido, si te hubiese reconocido yo.

Si al final tú ya no te acordabas, si no quedan huellas de aquellos paseos, si nadie te vio desnuda como yo te vi, entonces solo quedo yo como testigo, el recuerdo del tacto de mi mano en tu herida.

Me han dicho que vivías en la residencia del pueblo de al lado, pero que nadie te iba a ver, a ver quién te iba a ver a ti. Que como mucho te visitaba alguna vecina, la señora Amparo, la madre de Tomás. Todas porque les dabas pena. Tan sola. Y sorda, claro.

He venido a verte.

Donde antes había un banco en la plaza, ahora hay un quiosco como los que por entonces solo podías ver en la ciudad. En la portada de una revista anuncian un reportaje sobre las «mujeres urbanas que rompen moldes», eso pone. No sé tú, Eme, pero yo siempre me pregunto por qué nadie escribe de las rurales que os dedicasteis a pegar los pedazos.

* * *

Vero acabó Arquitectura, pero nunca ejerció: vive muy bien en Menorca con un tipo que tiene varias empresas de coches de alquiler. Isa se separó de Juan al año de casarse. Ha sido monitora de tiempo libre, comercial de la industria papelera, vendedora de seguros. Ahora tiene una panadería de masa madre con su nueva pareja, que es una chica estupenda diez años más joven que ella. Vicente Jesús es farmacéutico en la capital. Sufragio tiene cuatro hijos fruto de dos matrimonios distintos. Me cuentan que Gregorio vende fruta y que ha engordado muchísimo. El Dos Velas tuvo problemas con las drogas en Barcelona. Los demás se me escurren entre los dedos.

Lo único inmutable es el cementerio, los muertos, lo que se ha ido, lo que ya no está, lo que no se mueve ni tiene pensado largarse. Esa es la única verdad.

Estoy en ese lugar. Hasta aquí he venido después de dejar el casino y de comprar la revista en la que tú no sales y que he dejado sobre el asiento del copiloto.

En las películas siempre ocurre eso de que encuentras la tumba que buscas, una tumba cubierta por las hojas que aparece al cabo de un rato, con el rostro del finado en un óvalo, pegado al mármol.

Pero esto no es una película y no hay nadie en el cementerio que me cuente.

Un gato. Hay un gato al sol. Le hago fuuu para que se vaya. Se va. Detesto los gatos.

Y busco durante una hora y voy leyendo cómo se llaman los muertos, al principio muy despacio y luego más rápido, y hay una lápida con dos cochecitos y dos muñequitos de goma, y otra donde aparece la imagen de un adolescente subido a una moto, y otra donde se lee: «Y Jesús le dijo: "Recupera la vista, tu fe te ha salvado". Lc 18,42». Y huecos de ladrillo construidos en el suelo, listos para ser ocupados, tapados con una plancha de uralita y unas piedras encima para que no se las lleve el viento. Y juego a adivinar el número de letras de los nombres y sus apellidos, pero nada más.

Hay centenares de lápidas. No te voy a poder decir nada. No me he cogido la excedencia para recorrer los Alpes en bici, sino para venir a verte. Y ahora resulta que no estás, Eme. Que he llegado tarde. Como cuando

Germanín regresó al pueblo para enterrar a la señora Trini. Igual que Germanín, lo mismo, pero sin unos zapatos y una chaqueta que dé gloria verlos.

Me meto de nuevo en el Kuga, me ajusto el cinturón de seguridad, escribo mi destino en el navegador. Necesito repasar el álbum de fotos. Coger la carpeta amarilla entre las manos. Somos lo que nos quema.

Mi madre —a la que le he mandado decenas de fotos del pueblo que inicialmente no ha reconocido— me manda un mensaje por WhatsApp.

Ven a comer luego
y me cuentas.

Qué tienes, señorita
Mercedes.

Lentejas.

Con sesos?

Con sesos 😃

Bien. Entonces voy

Arranco.

Al salir del pueblo, me cruzo con una camioneta cuyo megáfono anuncia que tapizan sofás y sillones al instante, que tienen acabados de todo tipo y que si no te gusta el resultado final, te devuelven el dinero. Enfilo por la comarcal. Vallas publicitarias que venden quesos. Gente que busca setas en un baldío. Un pickup con unos aspersores detrás. No pienso ir a más de noventa por hora. Adelanto a dos ciclistas que van charlando en paralelo con un peto reflectante.

Papá cambiando una rueda.

Sin peto reflectante.

Esa es la imagen que recuerdo: la primera vez que pinchamos, mi padre remangado, las manos negras, la frente tiznada, arrodillado en el arcén, la polisemia de la palabra gato.

Antes de cada viaje de vacaciones, justo cuando mi padre encendía el motor del coche, mi madre siempre nos ponía a rezar un Dios te salve, María o un Padrenuestro. Solo lo hacía antes de los viajes largos. Como si la familia estuviese a salvo en los trayectos cortos, como si lo malo solo acechara cuando nos íbamos a un lugar en el que nunca habíamos estado antes. «Vamos a rezar», decía. Y al final de la oración, todos nos persignábamos. Todos menos mi padre.

—Hemos pinchado —le dijo aquel día—. Hemos pinchado y eso que habéis rezado los tres, eh.

—Eres un ateo como Dios manda.

Miro por el retrovisor. Veo los ojos de mi padre sonriendo. Y ella escribiendo al dictado.

No me han sabido decir de qué fue. Que si la edad, que si la enfermedad, que si te apagaste como una vela, lo típico.

—La pobre estaba tan mal que decía disparates —me cuentan.

Cosas como decir algo y su contrario.

Cosas sin demasiado sentido.

Como cuando pedías que te enterraran con tu único hijo y, al instante, contabas que tu hijo estaba muy bien colocado en el hospital de Leganés. En lo suyo. Con dos hijas. Y que hijas se escribía con hache.

Gracias.

Es de justicia decir que —más allá de varios paquetes de yerba mate de la marca Pajarito y Taragüi— en la escritura del libro me acompañaron otros libros, autores y gentes de los que, como con el mate, consciente o inconscientemente, fui chupando.

Tuve a mano *El olvido que seremos*, de Héctor Abad Faciolince. Por muchos motivos resumidos en dos: para ver si se me pegaba algo (en vano) y porque quería hablar de una pérdida.

Releí *Cinco horas con Mario,* de Miguel Delibes, por lo mismo.

A Miguel Hernández le debo el verso «no pudimos ser». De un poema llamado *Después del amor*.

La idea de que los hijos nos dan a luz es una genialidad del poeta Jesús Montiel y no mía. También la imagen de un perro hocicando la nieve.

Lo de que hacerse mayor consiste en dejar de hacer cosas que antes podías hacer y ahora ya no me lo dijo Pérez Reverte en su domicilio durante una entrevista.

El texto de Pippi Calzaslargas que aparece en estas páginas pertenece a la obra *Pippi Calzaslargas con Mr. Nilson y Pequeño Tío*, de Astrid Lindgren. De la editorial Jaimes Libros, 1975.

El texto que se reproduce sobre la vida de los canguros corresponde al libro *Grandes saltadores*, de la editorial Fher, 1975. El texto y las fotos son de Beaumont.

Las condiciones del parto de una mujer de los años sesenta están sacadas de la investigación *La historia de una partera en la España rural de mediados del siglo* XX, a cargo de Elena Andina y José Siles, de la Universidad de Alicante.

Gracias a Ana Belén Moratilla, a Antonio Lucas, a Cristina Moret y a Pedro Rodríguez, por sus valiosas aportaciones.

Una sola cosa más, creo que la más importante de todas: me habría encantado poder darle las gracias a ella.

El primer borrador de este libro terminó de escribirse el 8 de enero de 2020 en San Marcial del Vino (Zamora). Ese mismo día de 1996 moría Carmen Conde, primera mujer en ocupar un sillón en la Real Academia Española.

La versión definitiva es de 26 de julio de 2020 y se ultimó en Alocén (Guadalajara). Tal día como ese, nacía Antonio Machado en 1875.